요괴 호러 픽션 쇼

아름다운 청소년 ㉗

요괴 호러 픽션 쇼

초판 1쇄 인쇄 2021년 11월 12일 | 초판 1쇄 발행 2021년 11월 19일
지은이 윤동희, 김채현, 김명, 장혜영, 성기연, 김경은 | **펴낸이** 방일권
펴낸곳 별숲 | **출판신고** 2010년 6월 17일 | **주소** 경기도 파주시 광인사길 68, 403호
전화 031-945-7980 | **팩스** 02-6209-7980 | **전자우편** everlys@naver.com

© 윤동희, 김채현, 김명, 장혜영, 성기연, 김경은 2021

ISBN 979-11-91204-82-7 44800
ISBN 978-89-965755-0-4 (세트)

청소년, 요괴를 만나다

'요괴들이 고등학교에 나타나면 어떤 일이 일어날까?'라는 발상에서 《요괴 호러 픽션 쇼》의 이야기가 시작되었습니다. 내가 나 같지 않은 순간을 누구나 겪습니다. 어쩌면 그 순간이 내 안의 요괴가 존재감을 드러내는 순간이 아닐까요?

'내가 왜 이러지?'

"얘가 왜 안 하던 짓을 하고 그래?"

"너 변한 거 알아?"

이런 말은 요괴의 등장을 알리는 신호일지도 모릅니다. 돌이켜보면 이 신호를 가장 많이 받았던 시기는 십 대였습니다. 사춘기, 호르몬의 변화로만 여겨지는 청소년들의 미묘한 심리와 갈등, 그로 인한 문제들은 요괴의 요상함을 닮았습니다. 사실 요괴들이 살기에 가장 좋은 곳은 십 대 청소년의 주변이 아닐까요?

여섯 작가의 개성에 따라 다양한 장르와 소재로 십 대의 성장통을 담고자 했습니다. 〈그날의 분위기〉에서는 헛소문을, 〈더비더비〉에서는 중독을, 〈꼴찌를 탈출하라〉에서는 경쟁심을, 〈버닝 러브〉에서는

집착을, 〈날아라, 스피닝〉에서는 열등감을, 〈요괴 사냥꾼 신돈복〉에서는 가스라이팅 문제를 다루었습니다.

《요괴 호러 픽션 쇼》의 시작은 '최영희 청소년 소설 창작 모임'입니다. 다양한 장르의 매력과 작가가 가져야 할 용기를 가르쳐 주신 최영희 선생님께 깊이 감사드립니다. 이런 기회를 마련해 준 〈어린이와 문학〉에도 감사 인사를 전하고 싶습니다. 첫 책 출간을 진심으로 기뻐하고 축하해 주는 동기 작가들께도 감사드립니다. 이 책의 출간으로 여섯 명의 작가가 세상에 나오게 되었습니다. 그 문을 열어 주신 별숲 방일권 대표님께 진심으로 감사드립니다

앞으로도 여섯 명의 작가 모두 진심을 담아 글을 쓰겠습니다. 지켜봐 주시길 바랍니다.

— 윤동희

차례

그날의 분위기 _ 윤동희

이미 자정이 다 되어 가는 시간이었다. 미림여고 1학년 전체는 부여로 역사 기행 겸 수련회를 와 이틀째 밤을 맞이하고 있었다. 숙소 뒤쪽에 있는 작은 사찰 앞마당에 예니의 무리가 쏟아지는 달빛을 고스란히 받으며 서 있었다. 취침 시간에 몰래 빠져나온 터라 모두 잠옷 차림이었다.

"여기 분위기 끝내준다."

흰색 원피스 잠옷을 입은 소희가 목을 잔뜩 움츠린 채 두리번거리며 속삭였다. 목소리는 긴장감으로 꽉 차 있었다.

"그렇지, 예니야?"

소희는 예니의 눈치를 살피며 다시 한번 물었다. 예니는 사찰 규모에 비해 지나치게 거대한 나무에 매달린 낡은 나무 그네에 걸터

앉았다. 딱 적당한 바람이었다. 머리를 헝클어뜨릴 만큼 세지는 않고, 9월 늦여름의 꿉꿉한 습기는 날려 줄 정도의 적당한 바람. 감색 밤하늘은 처음 보는 풍경처럼 낯설어 보였다. 별은 보이지 않았다. 다만 어둠을 비집고 나온 작은 달이 강하게 빛나고 있었다. 예니는 오랜만에 편안한 마음을 느꼈다.

"나쁘지 않네."

예니의 대답에 숨죽이고 있던 다섯 명의 아이들이 봉인이 풀린 듯 방방 뛰었다.

"부여로 간다고 해서 진짜 어이없었는데. 요런 건 꿀잼이네?"

"고딩인데 부여가 말이 되니?"

"역사 해설 쌤 완전 비호감! 지루해 죽겠는데 혼자 주절주절."

"누구랑 아주 짝짜꿍이던데?"

모두 소희를 쳐다보았다. 소희는 두 손으로 입을 틀어막고 예니를 보았다. 그 짝짜꿍한 아이가 예니를 학교폭력 가해자로 만든 피해자 다현이었기 때문이다.

사실 예니는 이번 수련회에 못 올 뻔했다. 수련회는 문제도 아니었다. 우리나라 최대 엔터테인먼트 기업인 SG의 걸그룹 인큐베이팅 연습생이던 예니는 계약 위반으로 위자료를 물고 쫓겨날 판이었으니까. 예니는 양손으로 그넷줄을 바싹 고쳐 잡고 몸을 힘껏 뒤로 젖혔다가 일으켰다. 그네가 움직이기 시작했다.

"괜찮아. 다 지난 일이잖아. 학폭위가 열린 것도 아니고. 안 그래?"

예니는 자신의 눈치를 보는 아이들에게 인심 쓰듯 말했다.

"맞아. 강다현 혼자 예민해서 말이야."

"보건 쌤이 젤 웃겨. 강다현한테 너 지금 학교폭력당하고 있는 거라고 바람 넣었다며?"

"서묘아가 거들었겠지. 전학생 주제에 설치기는. 전교 1등이면 다냐?"

이것들이……. 예니는 어금니를 꽉 물었다. 웃고 넘기자고 했으면 알아서 입을 다물 것이지 남의 아픈 상처에 손가락 다섯 개를 넣고 후벼 파는 꼴이라니. 예니는 마음이 아팠다. 다현 때문에 자신이 겪었던 인생 최대의 위기를 생각하면 지금도 피가 거꾸로 솟구쳐 오르는 것 같았다.

"난 정말 예니가 SG 기획사에서 쫓겨나는 줄 알고 울었잖아."

가장 힘들었던 순간을 콕 집어 얘기하는 소희를 보고 예니는 생각했다.

'넌 정말 구제 불능이구나. 내가 데뷔만 하면 가장 먼저 손절할 사람은 너야.'

다현은 예니가 미림여고에 입학해서 처음으로 짝이 된 아이였다. 나쁘지 않았다. 재미는 없지만 잘 웃어 주고, 연예계에 전혀 관심이 없어서 다른 연예인 소식을 귀찮게 물어보지도 않고, 미묘하게 돌려 까는 것도 할 줄 모르는 아이였다. 다현과 함께 있으면 SG

연습생 예니가 아닌 미림여고 1학년 3반 최예니가 된 기분이었다.

누군가와 한마디만 나누어도, 아니 눈빛만 봐도 예니는 알 수 있었다. 그 사람이 나를 어떻게 생각하는지를. 동경, 질투, 부러움, 시기 중에 어떤 감정을 품고 있는지를. 예니가 좋아하는 건 부러움이었다. 모두 예니와 친해지고 싶어 눈치를 봤고 SNS 친구가 되기 위해 노력했다. 예니는 아이들이 자기에게 느끼는 부러움을 즐겼다. 그 부러움이 예니를 주인공으로 만들어 준다고 생각했다. 그런데 다현은 아니었다.

"벌써 꿈을 찾았다니 멋지다. 정말 부러워."

부러워. 대놓고 부럽다고 말한 아이가 다현 말고 또 있었나? 하지만 예니는 느낄 수 있었다. 자신을 다현은 부러워하고 있지 않다는 걸. 자신보다 다현이 더 멋진 꿈을 찾아낼 것만 같았다. 소속사에서 데뷔 순위가 점점 밀릴수록 예니는 다현이 불편해지기 시작했다.

예니는 늘 주인공이었다. 유치원 졸업 공연도, 어린 시절 사진 속에서도 늘 가운데 자리를 차지하고 있었다. SG 기획사의 러브콜을 받았을 때도 사람들은 '역시'라고 했다. 그곳은 예니처럼 평생 주인공으로 살아온 아이들이 모이는 곳이었다. 하지만 연습생 3년 차가 된 지금 주인공 예니는 옛말이 되었다. 기획사의 월말 평가 상위권에서 밀려난 지도 오래다. 안 그런 척 서로 이를 악물고 경쟁하는 것도 징글징글했다. 기습적으로 체크하는 체중, 춤, 노래, 연기, 학교 성적. 게다가 독서 포트폴리오까지. 거기에 악기나 운동 등 다양한 특기까지 갖춰야 했다. 무엇보다 올해 연말에 최종 선발되는 걸그룹 데뷔조에 들어가지 못하면 '연습생 출신의 일반인'으로 돌아가야 했다. 예니는 평범한 생활을 할 자신이 없었다.

예니가 다현을 건드린 건 일종의 스트레스 해소였다. 매일 긴장의 연속인 예니와 달리 다현은 아무런 걱정이 없어 보였다. 뭣도 없이 평범한 주제에 느긋하고 걱정 없는 아이. 그 누구도 부러워하지 않는 아이. 그리고 그런 다현을 자신이 부러워하고 있다는 걸 예니는 견딜 수가 없었다.

예니가 다현을 겨냥해서 한 행동은 정말 사소한 것이었다. 먼저 자신을 추종하는 아이들을 골라 소속사에서 운영하는 카페로 데려가 한턱내는 거다. 우연히 마주친 소속사 연예인들과 사진을 찍게 해 주고 수다를 떠는 거다. 그러다가 무심히 툭,

"다현이 좀 이상하지 않아?"

학교의 수많은 모둠 활동을 하기 전 모둠을 나눌 때도,

"다현이가 있으면 나는 좀……."

이라고 할 뿐 불편하다고 말하지는 않았다. 누군가 다현과 이야기하고 있으면,

"너 다현이랑 친해?"

정말 걱정된다는 듯, 때로는 어이없다는 표정으로 물어보았을 뿐이다. 몇 달 만에 다현은 미림여고 1학년 공식 왕따가 되었다. 수

줍은 듯해도 수업 때마다 자기 목소리를 내던 다현은 정면을 보지 못했다. 밥도 제대로 못 먹고 아이들과 눈도 못 맞추었다. 1학기에도 보건실에 자주 가더니, 2학기에는 아예 보건실로 등교할 정도로 아이들을 피했다.

그런 다현이 예니를 학교폭력 가해자로 덜컥 신고한 것이다. 도대체 보건실에서 무슨 일이 있었던 걸까? 언제부터 받았는지 두툼한 상담 일지에는 예니의 이름이 수도 없이 등장했고, 학교폭력에 의한 정신적 외상이라는 심리상담 전문가의 소견서까지 첨부되어 있었다. 상황이 이렇게 되자 회사에서는 예니에게 위약금 얘기부터 했다.

"이쁘고 춤 잘 춘다고 스타가 되는 세상은 지나갔어. 학폭위 열리면 넌 끝이야. 그 아이에게 싹싹 빌어서 용서를 받아 내든가 지금까지 너에게 투자한 수업료 모두 뱉어 내고 나가."

무표정하게 독한 말을 퍼붓던 소속사 실장을 생각하면 예니는 지금도 소름이 돋았다. 수련회 한 달 전 조정위원회에서 겨우 합의가 이루어졌고 학폭위는 극적으로 취소되었다.

인생 최대의 위기를 넘긴 예니가 먼저 다현에게 다가갔다. 아이들도 슬금슬금 말을 걸었다. 다현은 당장 마음을 열고 내 마음을 받아 달라고 보채는 예니가 불편했지만 모른 척 받아 주는 눈치였다. 그래도 다행인 건 다현 곁에는 묘아가 있었다. 1학기 중간고사 첫날, 휠체어를 타고 운동장을 가로지르며 등장한 전학생 묘아는 오자마자 치른 시험에서 전교 1등을 해 버렸다. 선천적 소아마비 장애를 가진 묘아도 수업이 시시하거나 참여하기 어려울 땐 보건실에서 지냈다. 다현과 묘아는 보건실이라는 공간을 공유하며 가까워진 것이다. 다현을 설득한 것도 보건 선생님이 아니라 묘아라는 말도 있었다. 묘아와 다현. 참 어울리는 한 쌍이라고 예니는 생각했다. 이곳 부여에서 묘아가 없는 다현을 보니 예니는 솔직히 근질근질했다.

그네는 끝도 없이 하늘 위로 올라갔다. 아이들과 점점 멀어지고 있는데 이상하게 목소리는 잘 들렸다. 극혐인 역사 해설 선생님 뒷담화가 한창이었다.

"야, 그거 기억나? 백제가 멸망한 거."

"그것만 기억나. 무슨 나라가 헛소문 때문에 망하냐. 나 졸다가 빵 터졌잖아."

"사람들이 헛소문에 홀려서 막 몰려다니며 서로 짓밟고, 으……완전 좀비잖아. 무서워."

앞머리에 헤어롤을 고쳐 달던 소희가 시큰둥하다는 듯 말했다.

"헛소문은 왜 믿고 난리야."

"야, 김소희! 네가 헛소문에 일빠로 속을 스타일이거든? 그러고 보니, 너 흰색 원피스 잠옷 입은 게 장르가 딱 공포다?"

"그래, 공포영화에서 제일 먼저 사라지는 광탈 배우 있잖아."

"야! 이거 수련회 간다고 새로 산 잠옷이거든?"

소희는 마당 한복판에서 흰색 원피스 잠옷을 뽐내며 뱅글뱅글 돌기 시작했다. 아이들은 킬킬거리며 그런 소희를 바라보았다.

"알겠어. 이쁘다, 이뻐. 이젠 그만해. 어지럽지 않아?"

재잘거리던 소희는 어느 순간부터 아무 말 없이 그저 뱅글뱅글 돌기만 했다. 그 속도가 점점 빨라지더니 사찰 쪽으로 움직이기 시작했다. 도는 속도는 비정상적으로 빨라졌다.

"김소희, 쟤 왜 저래?"

아이들은 소희에게 다가가지도 멀어지지도 못하고 있었다. 이 모습을 예니는 그네를 탄 채 내려다보고 있었다. 흰 원피스 잠옷이 꽃봉오리처럼 팽팽하게 펴져 도는 모습이 기이해 보였지만 무섭지는 않았다. 그때부터였을까. 그네도 예니의 의지와 상관없이 빨리 움직이기 시작했다. 예니는 흔들리는 그네에서도 소희를 뚫어져라 쳐다보았다.

펄쩍, 툇마루 위로 뛰어 올라간 소희는 가운데 방 입구 앞에 있는 작은 장식장을 향해 빙글빙글 돌며 돌진하더니 결국 장식장이 넘어지면서 함께 바닥에 나동그라졌다.

"괜찮아?"

선뜻 다가가지 못하는 친구들이 고개만 앞으로 내밀어 소희를 살폈다.

"내 잠옷! 어떡해. 이거 흰색이라 얼룩 남을 텐데. 내 앞머리 롤 어디 갔어!"

죽은 듯 엎드려 있던 소희는 벌떡 일어나 정신없이 수선을 피웠다. 그런 소희를 보고서야 모두 안심하며 다가갔다.

"김소희 너 사고 제대로 치고 간다."

"너 문화유적 파손이야. 이거 범죄거든."

아이들은 킬킬거리며 소희를 놀렸다.

"어떡하지? 내가 그런 거야?"

소희는 유적지에 와서 기물을 파손한 게 겁이 났다. 장식장은 겨우 세워 놓았지만 오래된 나무 상자는 뚜껑이 아예 분리된 채 부서져 버렸다. 소희는 쪼그리고 앉아 나무 상자의 뚜껑과 조각들을 맞춰 보고 있고 다른 아이들도 옹기종기 모여들었다. 예니는 여전히 그네를 탄 채 내려다보고 있었다.

소희가 팽이처럼 돌다가 나무 상자를 떨어뜨린 순간, 상자가 부서지면서 무언가 하늘 위로 솟구쳐 오르는 것을 예니는 분명히 보았다. 그 형체가 없는 무언가는 하늘로 곡선을 그리며 올라왔다. 마치 누구를 찾는 듯 두리번거리더니 예니에게 다가왔다. 예니는 먼짓덩어리 같기도 하고 안개 같기도 한 그것에게서 멀어지려고 몸을 이리저리 뒤척이며 피해 보았지만 소용없었다. 그 무언가는 예니 얼굴을 한참 동안 감싸고 있었다. 눈코입이 간지러웠다. 아까부터 빠르게 움직이던 그네는 끈이 이렇게 길었나 싶을 정도로 하늘 위로 끝없이 올라갔다. 아이들의 모습이 손톱만 하게 보일 정도로. 그네가 그대로 360도로 회전할 듯이 수직으로 떠오른 순간, 정체불명의 먼짓덩어리가 예니의 입 속으로 깊숙이 들어가 식도를 파고들어 몸 안으로 들어갔다. 역한 냄새에 구역질이 올라왔지만 예니는 더 깊이 한 번 더 들이마셨다. 하아, 숨을 내쉬자 그네는 거짓말처럼 멈추어 제자리로 돌아왔다.

"뭐 해?"

예니는 친구들에게 다가갔다. 소희와 아이들은 여전히 부서진 나무 상자를 동그랗게 에워싸고 있었다. 소희가 쪼그려 앉은 채 말했다.

"예니야, 나무 상자에서 좋은 냄새 난다?"

예니는 동그랗게 모여 앉은 아이들을 흐뭇하게 바라보다 천천히 입을 열었다.

"그런데 말이야."

아이들이 동시에 고개를 들어 예니를 쳐다보았다. 예니는 한 명 한 명과 눈을 맞춘 후 말했다.

"내가 정말 강다현한테 잘못한 거야?"

가장 먼저 소희가 고개를 내저었다. 거칠게 양쪽으로 흔들며 "아니."라고 말했다. 소희의 단발머리가 소희의 양 볼을 사정없이 내리쳤다. 그래도 소희는 계속 고개를 흔들었다. 더 빨리, 더 세게. 그리고 한 명씩 차례대로 고개를 흔들었다. 이대로 목이 꺾여 돌아버릴 것 같은 무서운 힘으로 고개를 흔들어 댔다. 그렇게 고개를 흔들어 대는 와중에 예니와 아이들이 만들어 냈던 헛소문을 정확하게 얘기하고 있었다. 평소보다 발음이 정확하게 들리는 게 신기했다.

"강다현은 원래 혼자 다니는 걸 좋아해."

"강다현은 원래 이상한 아이라서 혼자 두어야 해."

"강다현 정신병원에 입원했었어."

아이들이 말할 때마다 예니는 짜릿했다. 전율이 느껴질 정도로. 예니는 다시 한번 되물었다.

"내 말이 맞지?"

좌우로 고개를 흔들던 아이들이 이번에는 위아래로 고개를 흔들며 말했다.

"맞아."

"맞아."

"맞아."

"맞아."

"맞아."

예니는 흡족했다. 처음으로 아이들에게 우정을 느꼈을 정도였다.

"자아, 그럼 나는 이제 어떻게 해야 해?"

그 순간 다섯 명의 아이들은 미친 듯이 끄덕이던 고갯짓을 멈추었다. 동시에 오른쪽으로 고개를 휙 돌렸다. 다섯 명이 일제히 바라본 곳은 미림여고 학생들이 잠들어 있는 숙소였다. 소희와 아이들은 머리끝에 낚싯줄이라도 걸려 끌려가듯 정신없이 숙소를 향해 달려갔다. 평소에 잘 넘어지는 소희도, 가장 달리기가 빠른 친구도, 모두 똑같은 속도로 달려가고 있었다.

예니는 달려가는 다섯 명의 친구들을 바라보며 그동안 하고 싶었던 말을 신음하듯 내뱉었다.

"사실 기분 나빴어. 난 잘못한 게 없거든."

사찰 앞마당에 혼자 남은 예니는 부서진 나무 상자를 바라보았다. 그리고 숨을 깊게 들이마셨다. 부여의 공기를 모두 빨아들일 듯 끊임없이 숨을 들이마실 뿐 내쉬지 않았다. 한참 뒤에야 예니는 가뿐한 표정으로 주변을 둘러보았다.

"오늘 밤 분위기 정말 끝내주는데?"

숙소에서 자고 있던 다현이는 고약한 꿈을 꾸고 있다고 생각했다.

'꿈인데 왜 이렇게 아픈 거야.'

그래도 꿈이니까 금방 끝나겠지, 하고 미련하게 버티던 다현은 결국 참을 수 없는 고통에 비명을 질렀다. 머리끝까지 이불이 씌워져 있어 누구에게 발길질을 당하는지도 알 수 없었다. 다현이가 할 수 있는 것은 소리를 지르는 것뿐이었다. 아무 말도 없이 일정한 속도와 일정한 힘으로, 꼭 발이 여러 개 달린 괴물이 자신을 밟고 있는 것 같았다.

'이게 도대체 뭐야.'

아픈 것도 아픈 거지만, 때리기만 할 뿐 아무 소리도 들리지 않는 게 다현을 더 두렵게 했다. 혹시 이상한 곳으로 납치당한 건 아닐까 하는 생각에 심장이 쿵쾅거렸다.

'수련회 같은 거 역시 오는 게 아니었어.'

다현이는 미림여고에서 맞이한 봄을 잊지 못한다. 아이들이 보내는 노골적인 거부의 눈빛과 행동은 처음 경험하는 것이었다. 혼자가 되는 건 상관없었다. 오히려 그와 정반대였다. 모두 다현을 지켜보고 감시하는 것 같았다. 혼자 될 자유조차 빼앗겼던 그 시간이 고통 속에서 되살아났다.

다현에게 예니의 미래가 달렸다는 예니 부모님의 호소를 모른 척할 수 없었다. 그래, 그냥 이렇게 넘어가자. 너무 많은 관심을 받는 것도 다현에게는 견디기 힘든 일이었다. 그런 일이 있고 바로 떠나는 수련회는 좀 부담스러웠다. 묘도 없이. 역시 오는 게 아니었다.

발길질이 멈추자 다현은 천천히 이불을 들어 올렸다. 다섯 명의 아이들이 바로 다현의 머리 위에서 얼굴을 들이밀고 다현을 내려다보고 있었다. 부릅뜬 눈은 붉게 충혈되어 있었다.

"네가 잘못한 거잖아."

소희였다. 평소보다 톤이 높고 갈라진 목소리였다.

"네가 이상한 거잖아."

"예니가 잘못한 거 없잖아."

"하는 것마다 한심해."

"묘아 뒤꽁무니나 따라다니는 주제에."

다현이 빠져나가지 못하게 꽁꽁 에워싼 채, 바로 얼굴 옆에서 귀에 대고 쏟아내는 악담에 다현은 숨이 턱턱 막혔다. 그리고 그 다섯 명 주변을 같은 방에서 자던 아이들이 둘러싸고 있었다. 누군가에게 도와 달라는 말을 하려고 두리번거리던 다현은 몸이 얼어 버렸다. 조금 전까지 나란히 누워 잠을 자던 아이들 모두 붉게 충혈된 눈으로 다현을 노려보고 있었기 때문이다. 다현은 어떻게든 몸을 움직여 보려고 했다.

"애쓰지 마."

너무 차분해서 낯설게 들리는 목소리, 예니였다.

살짝 눈꼬리가 올라간 눈이었지만 오늘따라 눈매가 더 치켜 올라가 보였다. 붉게 충혈되었지만, 눈빛은 초롱초롱했다. 그에 비해 얼굴은 새하얗게 질려 있었고 높게 끌어올려 볼록한 이마가 도드라지게 묶은 머리카락은 징그럽도록 짙은 검은색이었다. 그 머리카락은 예니의 하얀 목덜미를 뱀처럼 휘감고 있었다.

"다현아, 아무리 생각해도 내가 뭘 잘못했는지 모르겠어."

"뭐?"

다현은 엉망진창으로 헝클어진 머리카락 사이로 예니를 쳐다보았다. 그런 다현을 보고 예니는 킥킥거렸다. 웃음소리에 가시라도 달린 듯 다현의 온몸이 따가웠다. 예니가 웃음을 멈추고 다현을 똑

바로 바라보았다.

"또 하소연해 봐. 그때는 이 세상이 너에게 등을 돌리게 해 줄 테니까. 묘아? 걔까지도."

예니는 번들거리는 눈동자로 다현을 바라보며 웃었다. 그 악몽 같은 밤이 어떻게 지났는지 다현은 기억하지 못했다.

다음 날, 같은 방을 쓰는 아이들 모두 아무 일도 없었다는 듯 행동했고 다현만 웃을 수 없었다. 단체 사진을 찍을 때 누군가 슬그머니 다가와 다현을 뒤에서 끌어안았다. 예니였다.

"단체 사진 학교 SNS에 올라가는 거 알지? 계속 죽상 하고 있을래?"

예니는 세상에서 가장 사랑스러운 미소를 짓고 있었다. 다현의 목을 감싼 예니의 팔이 차갑고 축축했다. 다현은 어서 사진 촬영이, 아니 이 수련회가, 아니 학교생활이 끝나기를 바랐다.

수련회에서 돌아온 다현은 곧바로 묘아의 집으로 갔다.

"무슨 일 있었어?"

다현은 아무 말도 못 하고 그대로 침대에 드러누웠다.

"연락 한번 없더라? 가기 싫다고 징징거리더니 막상 부여에 가니 이 언니 생각은 하나도 안 난 거야?"

겨우 일어나 앉은 다현은 힘들게 입을 열었다.

"묘아야, 내가 꿈을 꾼 걸까?"

다현은 부여에서 예니에게 겪었던 일을 털어놓았다. 그때의 순간이 떠오르는 듯 말하는 내내 겁에 질린 표정이었다. 그 모습을 담담하게 바라보던 묘아는 다현의 두 손을 꼭 잡았다.

"최예니가 발악을 한 모양이네……."

묘아는 다현의 이야기에서 이상한 점을 느꼈지만 말하지 않았다. 다현은 묘아에게 모두 털어놓고 나니 속이 좀 후련해지는 것 같았다. 그제야 피로와 허기가 몰려왔다.

"라면 끓여 줄까?"

"엥? 어떻게 알았어?"

묘아는 귀신처럼 다현의 마음을 읽고는 부엌으로 휠체어를 돌렸다.

"네 얼굴에 라면 두 개 끓여 주세요, 라고 쓰여 있거든."

묘아의 집에는 드라마에서 보던 부적 같은 게 곳곳에 있었다. 부적이 아니라 부적 같은 거라고 말하는 건 이유가 있다. 부적 무늬의 냄비 받침이라거나, 구멍 뚫린 방충망에 부적 무늬의 스티커가 붙어 있거나 하는 식이었다. 뭔가 부적이 부적 대접을 받지 못하는 그런 분위기였다. 다현은 숟가락을 빨며 묘아에게 물었다.

"이런 부적들은 너희 증조할머니가 주신 기라고 했지?"

"응, 우리 증조할머니가 유명한 무당이셨대. 실제로 용하기도 하셨고. 할머니 이후로 아무도 신내림을 받지 않았나 봐. 그런데 우리 엄마가 나 임신했을 때 부적 꾸러미를 주셨대. 광목천에 그려진 부적을 잔뜩 주면서 이 부적이 우리 집에 있어야 기운이 사라질 거라고. 아무 데나 버리면 귀신이 붙어서 돌아온다고 하셔서 버리지도 못하고 지금까지 가지고 있는 거야."

"너 지금 증조할머니가 주신 귀한 부적을 라면 냄비 받침으로 쓰고 있는 거야?"

"아이디어 죽이지 않냐? 증조할머니는 걸레로 써도 된다고 그러셨어. 우리 집에서만."

다현은 그 말이 무슨 뜻인지도 모른 채 그냥 고개만 끄덕였다. 솔직히 당장 월요일 등교가 걱정이었다. 라면만 꾸역꾸역 먹고 있는 다현에게 묘아가 말했다.

"걱정하지 마. 내가 있잖아. 학교에서는 최예니 아무것도 못 한다니까."

다현은 고개를 끄덕였다. 그래, 그냥 나쁜 꿈을 꾼 거로 생각하자. 예니의 붉게 충혈되어 자신을 쏘아보던 눈빛이 떠올랐다. 눈을 질끈 감고 라면을 젓가락으로 크게 휘감아 입에 욱여넣었다. 그리고 몇 번이고 마음속으로 되뇌었다. 그래, 묘아가 있으니까. 괜찮아. 다 괜찮을 거야.

수련회를 마치고 다시 일상이 시작되었다. 다현은 부지런히 등교 준비를 했다. 묘아와 함께 등교하기 때문이다. 묘아는 집 앞에서 다현을 기다리고 있었다.

"잠깐만."

묘아는 다현의 손목에 노란 팔찌를 걸어 주었다. 증조할머니가 물려주었다는 부적을 얇게 잘라 꼼꼼하게 매듭으로 엮어 만든 팔찌였다.

"할머니 부적의 변신에는 끝이 없구나."

"이거 내 마음이다, 알았지?"

묘아의 장난스러운 웃음에 다현은 금세 긴장이 풀렸다. 묘아의 마음이 고맙고 든든했다. 묘아의 휠체어를 조심스럽게 밀며 학교로 향했다. 등굣길은 어느 때보다 평화로웠다. 평소처럼 아이들의 가방에 묘아가 얼굴을 부딪히는 일도 없었다. 다현은 편안한 마음으로 교문을 들어섰다. 가을이 막 시작된 학교 교정의 나무에는 아직 푸른빛이 남아 있었다.

"난 아니라고!"

그때, 본관 현관에서 수학 선생님이 경찰로 보이는 사람들에게 끌려 나오는 것이 보였다. 오십 대 중반의 수학 선생님은 다현과 묘아는 물론이고 많이 아이들이 좋아하는 선생님이었다. 놀랍게도 수학 선생님의 두 손에는 수갑이 채워져 있었다. 경찰 수송차에 타지 않기 위해 버티다가 끌려가는 수학 선생님의 모습은 충격이었다. 그 뒤에 예니가 서 있었다. 예니의 포니테일 머리가 평소보다 더 높이 묶여 있었다. 팔짱을 낀 채 수학 선생님의 뒷모습을 바라보던 예니는 묘아와 다현을 발견하고 상냥하게 인사를 건넸다.

"다현, 묘아, 안녕? 수학 선생님이 학생을 성추행했다니, 정말 믿을 사람 없지?"

다현이 놀라 입도 다물지 못하고 있을 때, 묘아는 예니의 뒷모습을 걱정스럽게 바라보았다.

"부여에서 무슨 일이 있었던 거지. 혹시……. 아니겠지?"

수학 선생님을 시작으로 미림여고는 매일 경찰과 교육청 관계자들이 들락거리기 시작했다. 보안관 아저씨도 예외는 아니었다. 죄목은 시험지 매수였다.

"이건 정말 말도 안 돼."

미림여고에 십 년 넘게 근무한 보안관 할아버지가 경찰들에게 거칠게 임의동행되는데도 누구도 나서지 않았다. 학생들은 입을 굳게 다문 채 칠판만 보고 있었다. 학교가 소란스러워도 동요되지 말라는 선생님의 조언이 무색할 정도로 어느 때보다 학습 분위기가 좋았다.

다음 날은 매점 아주머니였다. 매점에서 파는 햄버거에 유통기한이 지난 쓰레기 식자재가 쓰였다는 것이다. 이번에는 TV 고발 프로그램 카메라까지 와서 학교 정문을 찍고 있었다. 다현은 어이가 없었다.

"도대체 누가 이런 말도 안 되는……."

묘아는 조용히 입에 손가락을 대었다. 그만 말하라는 신호였다. 묘아와 다현 뒤로 예니와 소희를 비롯한 그 무리가 지나가고 있었다. 고약한 냄새와 함께 사사 사 삭, 곤충 채집함 안에서 버둥거리던 잠자리의 날갯소리 같은 소음이 들렸다. 예니는 다현과 묘아를 지나치려다가 멈춰 섰다.

"역시, 재미가 없어."

"뭐가?"

소희가 재빨리 예니에게 되물었다. 예니는 오랜 친구를 바라보는 애틋한 눈빛으로 다현을 바라보았다. 그리고 천천히 팔을 올려 검지로 다현의 이마 정중앙을 가리켰다. 그 과장된 행동이 괴기스러워 보였다.

"역시, 네가 아니면 재미가 없어."

묘아는 휠체어를 움직여 다현을 옆으로 밀어내며 말했다.

"다현아, 나 좀 어지러워서. 보건실 좀 같이 가 줘."

다현과 묘아가 서둘러 움직이는 동안에도 예니의 검지는 다현을 쫓고 있었다. 옆에서 소희의 비아냥거리는 목소리가 들렸다.

"같이 가 줴. 가 줴."

소희의 목소리와 예니의 검지로부터 도망치듯 보건실로 온 다현과 묘아는 문을 닫았다. 보건 선생님이 한 번 더 복도를 살피고 서둘러 문을 닫고 잠금장치를 눌렀다. 묘아와 보건 선생님은 동시에 다현에게 물었다.

"부여에서 무슨 일이 있었던 거야!"

다현은 아무 말도 할 수 없었다. 그저 집단 발길질을 당한 것 말고는 아는 게 없었으니까. 보건 선생님이 먼저 입을 열었다.

"졸업 여행에 동행했던 선생님에게 들은 건데, 예니랑 소희 그 친구들이 부여 마지막 밤에 숙소에서 몰래 빠져나갔다고 하더라."

"그걸 그냥 두었대요?"

묘아는 기가 막힌다는 듯 물었다. 보건 선생님은 어깨를 으쓱해 보였다.

"별일 있겠냐 싶었겠지. 설득하는 게 더 피곤한 아이들이니까."

"아이들은 어디를 간 거래요?"

"백제문화단지 뒤쪽에 작은 사찰이 있대. 그 뒷마당과 연결된 길로 가는 것까지 보았다고 했어. 거기에 그네가 있어서 몇 번 타고 오려나 보다 싶었대."

"그 사찰이라면……."

"묘아, 너 아는 거 있어? 선생님도 잘은 모르지만 지금 학교 분위기가 정상이 아니야. 이상한 소문이 퍼져서 아무 죄 없는 선생님들이 끌려가고 있다고."

"선생님도 알고 있죠? 백제가 멸망하기 직전 일어난 일이요. 갑자기 시장 사람들이 폭동을 일으켜 서로 짓밟고 밟혀 죽었어요. 그리고 그 일이 있기 직전 두꺼비 수만 마리가 나무에 걸려 있었고."

"그냥 전설 아니야? 두꺼비가 어떻게 나무에 매달려?"

"전해 내려오는 이야기는 대부분 사실이야. 거짓말 같은 사실. 그리고 그 일을 일으킨 건 사람이 아니야. 사찰에 그네가 매달려 있는 나무가 백제 시대 때 두꺼비 수만 마리가 매달려 죽은 나무라는 얘기가 있어. 그리고 그 사찰에는 폭동을 일으킨 귀신 '무고경주'를 가둔 상자가 있다고 했어."

"그럼 이게 다 귀신 때문에 일어난 일이라고?"

"최예니가 얘기할 때 입에서 귀신 냄새가 났어. 귀신을 들이마신 거야. 그것도 무고경주를!"

심각해진 묘아 눈치를 보면서 다현이 물었다.

"무고경주…… 그게 뭐야? 무섭게 생긴 거야?"

"보이는 귀신이면 오히려 간단해. 하지만 이건 보이지 않는 귀신이야."

묘아는 한숨을 내쉬었다.

"사람의 심장으로 들어가 자리 잡으니까. 예니는 그 귀신의 혀로 사람의 마음을 조종할 거야. 예니가 무슨 헛소리를 해도 모두가 그 말을 믿을 거라고."

"그래서 수학 선생님과 보안관 선생님이 말도 안 되게 잡혀간 거구나."

"매점 아주머니도."

한동안 세 사람은 말을 하지 못했다. 무엇을 어떻게 해야 할지 아는 사람이 아무도 없었다.

"내가 증조할머니의 기운을 이어받은 후손이라 해도 귀신의 기운을 읽을 뿐, 쫓아내거나 한 적은 없어. 나에게 그런 능력은 없는 것 같아."

"묘아 말을 다 믿지는 않지만 지금 학교가 비정상적인 건 사실이야."

보건 선생님이 가운을 벗으며 말했다. 묘아는 다현을 걱정스럽게 쳐다보았다.

"지금 상황에서 조금이라도 눈에 띄는 행동을 하면 위험해요. 예니는 무고경주를 얻은 순간부터 다현이 네가 목표였어. 그래도 아이돌이라는 꿈이 있어서 버티는 거야. 아직 귀신에게 완전히 잡아먹힌 건 아니란 말이지."

다현은 생각할수록 혼란스러웠다.

"다현아, 내 말 잘 들어. 네가 이해하기 힘들겠지만 예니는 계속 너를 공격할 거야. 그리고 무고경주를 이길 수 있는 건 사람뿐이야. 사람이 사람을 믿는 마음. 어떤 일이 있어도 날 믿어야 해."

별안간 귀신이니 무고경주니 하는 이야기를 전부 받아들이는 건 힘들었지만 묘아를 믿는 건 할 수 있을 것 같았다.

"다현이는 보건실에 좀 더 있어. 묘아는 선생님이 교실로 데려다줄게. 둘 다 오랫동안 교실을 비우는 건 눈에 띄는 일이잖아?"

묘아가 고개를 끄덕였다. 다현도 찬성이었다. 보건실이라면 안심할 수 있었다. 다현에게 학교에서 가장 안전한 곳은 보건실이니까. 보건 선생님이 묘아의 휠체어를 천천히 밀며 보건실을 나섰다. 다현은 이미 수업이 시작되어 텅 빈 복도를 지나가는 묘아와 보건 선생님의 뒷모습을 한참 바라보다가 문을 꼭 닫고 들어와 평소처럼 창가 쪽 침대에 누웠다. 생각할수록 머리가 아팠다. 예니는 언제부터 무고경주에게 조종당한 걸까? 쉽게 정리되지 않는 생각 탓에 피로해진 다현은 그대로 잠이 들었다.

그리고 다현이 깨어난 것은 이상한 소리 때문이었다. 소곤소곤, 소곤소곤. 발끝부터 타고 올라오는 소리에 다현은 가위에 눌린 듯 꼼짝할 수 없었다. 그 소리는 단단한 끈이 되어 다현을 칭칭 감고 놓아주지 않았다. 보건 선생님을 부르고 싶어도 목소리가 나오지 않았다. 가만히 누워 혼자 사투를 벌이는 다현에게 얼굴을 내민 건 소희였다.

"안녕!"

예니가 아니라서 다행이라고 다현은 잠깐 생각했다.

"왜, 못 움직이겠어?"

소희는 꼼짝 못 하고 누워 있는 다현을 보고 웃겨 죽겠다는 듯 자지러지게 웃다가 창가에 드리워진 커튼을 거칠게 젖혔다.

"일어나야지. 아이들이 모두 너에게 하고 싶은 얘기가 있다잖아!"

겨우 고개를 들어 창밖을 내다보니, 2층 양호실 쪽 벽에 수많은 아이가 달라붙어 있었다. 당장이라도 기어 올라올 듯 건물 벽에 붙어 몸을 비벼 대고 있었다.

"얘들아, 다현이 찾았어."

소희의 말에 1층에 있던 아이들이 동시에 고개를 젖혀 위를 올려다보았다. 붉게 충혈된 눈, 평소와 다른 목소리. 다현이 있는 2층으로 올라오려는 아이들은 서로를 올라타며 올라오기 시작했다. 다현은 눈앞에서 벌어지는 일이 믿기지 않았다.

"도대체, 뭐 하는 거야?"

그때였다. 보건실 복도 쪽 창문에서 요란한 소리가 나더니 또다른 아이들이 다현을 향해 몰려들고 있었다. 다현은 어떤 소리를 낼 수도 몸을 움직일 수도 없었다. 소희는 눈을 동그랗게 뜨며 물었다.

"둘이서 뭐 했어?"

"뭐?"

"묘아랑 둘이서 여기서 뭐 했어?"

"무슨 소리야."

"다 알고 있어. 너희 더러운 관계인 거."

다현은 기가 막혀 말도 안 나왔다.

"둘이 뭐 했어?"

"둘이 뭐 했어?"

"둘이 뭐 했어?"

복도 쪽 창문에 매달려 있는 아이들이 거칠고 기이하게 높은 톤으로 누구의 목소리도 아닌 목소리로 끊임없이 물었다.

"하지 마!"

다현이 귀를 막고 바닥에 엎드려 창가 쪽 벽에 바짝 붙었다. 그때였다. 외벽을 타고 올라온 아이들의 머리가 창가를 가득 채워 다현을 내려다보고 있었다.

"더러워."

"더러워."

"더러워."

다현은 보건실로 들어오기 시작하는 아이들의 무리를 보고 정신을 잃고 그대로 쓰러졌다. 그런 다현을 발끝으로 툭툭 차던 소희는 시큰둥하게 말했다.

"시시해. 예니는 이딴 애가 뭐라고 이렇게 공을 들여 못살게 굴지?"

아이들은 기절한 다현을 둘러싼 채 끊임없이 묘아와 다현의 관계에 대해 추궁하고 있었다. 소희는 그 광경이 경이롭다는 듯 바라봤다.

"정말이지 너무 재밌어. 최예니, 넌 최고야!"

소희는 쓰러져 있는 다현을 내버려 둔 채 발랄한 걸음으로 보건실을 빠져나가다 다시 들어왔다.

"강다현! 너도 묘아가 그런 거라고 해. 묘아가 너 꾀어서 어쩔 수 없이 사귄 거라고! 그렇게 소문 좀 내 봐. 그럼 넌 해방이야. 간단하지?"

소희는 막대 사탕을 꺼내 물고는 불안하게 술렁이는 학교 복도를 콧노래를 부르며 빠져나갔다.

학교 시계는 멈춰 있었다. 아이들은 서로의 목을 낚아채 귀에 무언가를 속삭이며 뛰어다녔다. 그 이야기를 들은 아이는 또 누군가에게 그 이야기를 전했다. 그 속도는 점점 빨라지더니 학교 전체는 정신없이 뛰어다니는 아이들과 소곤거리는 소리로 가득했다. 그 소리는 천장까지 꽉 차 학교는 헛소문으로 당장 터져 버릴 것 같았다. 교실에는 아무도 없었다. 서로가 달려들고 달려가며 소문을 전할 뿐이었다. 그 속도는 점점 빨라져 사람인지 형체를 알아볼 수도 없었다. 소곤소곤, 소곤소곤.

예니는 옥상 끝에서 학교를 내려다보며 그 소리에 맞춰 지휘하고 있었다. 눈을 지그시 감은 예니의 입꼬리는 만족스러운 연주를 듣고 있는 지휘자처럼 기분 좋게 올라가 있었다. 그때 소희가 다가왔다. 쪽쪽 막대 사탕을 빨면서. 예니는 이 아름다운 화음에 불협화음을 만든 소희를 돌아보았다.

"강다현은 처리했고, 묘아는 어떻게 할까?"

예니는 소희가 늘 싫었다. 하지만 자신의 마음을 가장 잘 아는 사람은 소희라는 것도 알고 있었다. 소희는 막대 사탕 끝으로 운동장 한가운데를 가리켰다. 묘아가 있는 힘껏 휠체어를 밀어 운동장을 가로지르고 있었다.

"저것 봐, 귀여워."

예니는 학교 건물 쪽을 내려다보며 소리쳤다.

"얘들아, 우리 학교에 귀신 들린 아이 있는 거 아니? 우리 너무 무서우니까 학교 밖으로 나가자. 학교에서는 재미 다 봤잖아?"

학교를 가득 채웠던 소리가 일시에 멈췄다. 예니는 희고 가느다란 손가락을 폈다. 그리고 하나씩 접어 갔다.

"하나, 둘, 셋."

"아아아아아아."

사람의 소리라고 생각할 수 없는 기이한 소리를 지르며 학생들 전부 학교 건물에서 빠져나오기 시작했다. 네 개의 현관을 비롯해 교실 쪽 창문을 타고 넘어온 아이들은 놀라운 속도로 교문을 향해 질주했다. 운동장 한가운데에서 그 모습을 목격한 묘아는 죽을힘을 다해 휠체어를 밀어 정문으로 내달렸다. 휠체어 바퀴에는 묘아 손바닥에 난 상처에서 흐르는 피가 묻어 났다.

"서묘아, 파이팅! 다현이는 너 버리고 도망갔으니까 혼자서 파이팅!"

소희는 깡충거리며 묘아를 응원했다. 달려 나가는 아이들 탓에 운동장에는 뿌연 흙먼지가 가득 피어올랐다. 소희와 예니는 눈을 흘기며 묘아를 찾았다. 흙먼지는 교문 앞에서 멈춘 채 더는 앞으로 나아가지 못했다.

"왜 안 나가는 거야?"

흙먼지 사이로 정문 앞에서 버티고 있는 묘아가 나타났다.

"밟혀 죽었을 줄 알았는데, 살아 있네?"

휠체어 바퀴를 움켜쥔 묘아의 두 손에서는 피가 뚝뚝 떨어지고 있었다. 그 피가 운동장 바닥에 떨어질 때마다 아이들이 비명을 지르며 뒤로 물러섰다.

"진짜인가 보네."

예니는 안타깝다는 듯 말했다.

"뭐가?"

소희는 이 와중에도 거울을 보며 눈썹에 묻은 먼지를 털어 내고 있었다.

"제 증조할머니가 귀신 쫓는 퇴마사였다는 거 말이야."

예니는 옥상에서 단숨에 뛰어내렸다. 그러고는 그대로 질주해 정문을 가로막고 있는 묘아 바로 앞에서 멈춰 섰다.

"혼자서 뭐 해? 너 혼자 막을 수 있을 것 같아?"

지친 기색이 역력한 묘아가 거친 숨을 내쉬며 말했다.

"너 이제 그만해."

"싫어. 내가 왜?"

"네가 애들한테 그만하라고 해."

"싫어. 내 인생 최고로 재미있는 시간을 보내고 있는데 왜? 이 세상도 우리 학교 꼴 나면 진짜 재미있을 것 같은데? 지긋지긋한 연습생도 때려치워도 되고, 편하게 주인공이 되는 거잖아."

묘아는 애원하듯 절박하게 예니를 올려다보았다. 예니는 정문 밖으로 뛰쳐나가고 싶어 어쩔 줄 모르는 미림여고 아이들을 둘러

보며 말했다.

"난, 그냥 말했을 뿐이야. 말만 했다고. 믿은 건 저 아이들이야."

묘아는 계속 흘린 피로 점점 창백해져 갔다.

"다현이는 다를 줄 알아? 네가 다현이랑 사귀는 사이라고 말하고 다닌다니까 억울해 죽더라?"

예니는 걸음을 멈추고 묘아를 정면으로 쏘아보았다.

"나 혼자 한 거 아니야. 귀신이든 무고경주든 나 혼자 한 거 아니라고. 사람들이 원래 그래. 나쁜 얘기, 불행한 얘기가 달콤하거든. 난 그 얘기를 해 줬을 뿐이야."

묘아는 자신의 상처를 더 찢어 예니가 더 이상 다가오지 못하게 피를 뿌렸다. 예니의 입가에 묘아의 피가 튀자 예니는 침을 뱉으며 구역질을 했다.

"이게 정말!"

예니는 손을 들더니 주변에 모여 있는 아이들을 둘러보며 검지 끝으로 묘아를 가리켰다. 소곤소곤, 잠시 멈춰 있던 아이들 무리가 파르르 떨며 다시 흔들리기 시작했다. 운동장이, 학교 전체가 흔들리는 것 같았다.

묘아는 끊임없이 자신의 손바닥 상처를 덧내며 피를 뿌리고 있었다. 손바닥의 피부가 너덜너덜해졌다. 묘아는 다현이 있을 보건실 쪽을 바라보았다. '정말 다현이도 소문에 넘어간 걸까?' 묘아도 그만 포기하려는 마음이 들 때 다현의 목소리가 들렸다.

"묘아야!"

다현은 여기까지 오면서 여러 번 넘어졌는지 무릎이며 팔꿈치, 교복이 엉망이었다. 아무 말도 못 하고 묘아를 끌어안고서 헉헉거릴 뿐이었다. 그와 동시에 부들거리며 안달하던 학교 아이들이 일제히 멈췄다. 예니가 다시 손끝으로 묘아를 가리켰지만, 아이들은 움직이지 않았다. 하나둘 종이 인형처럼 운동장에 쓰러졌다. 예니는 자신의 병사들이 힘을 잃고 운동장에 힘없이 쓰러지는 것을 보며 당황했다.

"최예니, 그만해."

다현은 단단한 목소리로 예니를 똑바로 바라보며 말했다.

"네가 싫어한 건 나잖아. 묘아한테 그러지 마."

예니는 기가 막혔다.

"이래서 내가 널 싫어했지. 쓸데없이 정의롭고, 사람을 막 믿고, 진짜로 친구를 사귀는 게."

"너도 그러고 싶은 거 아니야?"

다현이 예니의 말을 끊고 말했다. 피범벅인 묘아의 두 손을 쥐고 눈물을 쏟으면서도 자신을 노려보는 다현의 모습에 예니도 힘이 빠졌다. 그때 소희가 허겁지겁 달려왔다.

"최예니, 너 어떻게 옥상에서 뛰어내린 거야? 나도 다음에 알려 줘. 이제 우리 누구 괴롭힐까?"

소희는 여전히 무고경주가 벌이는 축제에 흠뻑 빠져 있는 것 같앉다. 예니는 자기 옆에 있는 소희를 쳐다보았다. 그리고 생각했다. 왜 내 옆에는 묘아나 다현이 없는 거지? 예니는 천천히 학교 정문을 빠져나갔다. 혼자 남은 소희는 뻘쭘한지 운동장 바닥에 종이 인형처럼 나뒹굴고 있는 아이들을 흔들며 다녔다. 그날은 묘아와 다현의 인생에서 가장 긴 하루였다.

학교는 거짓말처럼 일상으로 돌아왔다. 교정에는 낙엽이 뒹굴더니, 첫눈이 내렸다. 다현과 묘아는 보건실에서 함께 눈이 내리는 교정을 내다보고 있었다.

"이제 무고경주는 사라진 거지?"

다현이 묻자 묘아는 고개를 흔들었다.

"무고경주는 없어지지 않아. 사람들이 사라지지 않는 이상."

예니는 그 뒤로 보기 힘들었다. 기획사에서 퇴출 후보가 된 예니는 어떻게든 기회를 잡기 위해 바빠 보였다. 소희는 여전히 앞머리에 헤어롤을 말고 인기 있는 아이들을 쫓아다니며 자신도 그 유명세로 뭐라도 얻고자 노력하고 있었다.

다현과 묘아 사이에도 변화가 생겼다. 둘은 여전히 단짝이지만 묘아에게 남자 친구가 생긴 것이다. 묘아의 휠체어를 다현보다 남자 친구가 밀어 주는 날이 점점 더 많아졌다. 곧 생일인 묘아의 남자 친구 선물을 고르기 위해 둘은 함께 쇼핑에 나섰다. 쇼핑몰 건너편 4차선 도로 건널목 앞에서 제법 긴 신호를 기다리고 있을 때였다. 다현은 자꾸 귀를 긁적였다. 갑자기 귀에 벌레가 들어간 듯 간지러웠다. 다현이 거칠게 손으로 얼굴을 비비자 묘아가 걱정스러운 마음으로 물었다.

"괜찮아?"

다현은 자신을 걱정스럽게 올려다보는 묘아의 얼굴을 내려다보았다. 확실히 예뻐졌다. 요즘 묘아와 나누는 대화의 절반 이상은 남자 친구에 대한 거였다. 묘아에게 우리란 이제는 '다현과 묘아'가 아닌 '남자 친구와 묘아'일지도 모른다고 다현은 생각했다.

"그럼, 괜찮지."

다현은 불안한 마음만큼 휠체어 손잡이를 힘주어 잡았다. 사삭, 사사 삭, 벌레들의 몸부림치는 소리가 자꾸 다현의 귀를 간지럽혔다.

'묘아는 이제 다현이가 귀찮대.'

'눈치 없이 자꾸 남친 만나는데 끼어든다며? 강다현 답 없다.'

'묘아가 얼마나 답답하면 친하지도 않은 우리한테 그 얘기를 하겠니.'

'그냥 이용하는 거래. 강다현이 없으면 학교 어떻게 다니냐. 그것도 모르고 강다현은 베프라고 엄청 질척이나 봐. 소름 끼쳐.'

다현은 고개를 흔들었다. 그럴수록 이 소리는 다현의 귀로 심장으로 파고들었다. 다현의 몸이 떨리고 휠체어 손잡이를 잡은 두 손에 힘이 들어갔다. 그 힘의 방향은 정면을 향하고 있었다. 묘아

의 휠체어가 조금씩 앞쪽으로 움직였다. 신호등은 여전히 빨간불
이었다.

버닝 러브 _ 김채현

언니, 어제 반가웠어요. 서른 시간 전쯤에 몇 시간이나 통화하고, 오늘도 스마트톡을 주고받고, 에스엔에스(SNS)에 자주 댓글을 다는데도 이렇게 이메일을 보내게 되니 조금 어색하네요.

어제 언니의 긴 이야기를 듣고 난 후 에스엔에스(SNS)에 접속해 보았어요. 틈나는 대로 언니의 페이스북에 들어가 보기에 이미 다 본 게시물이었어요. 무심히 게시물을 넘기는데 그만 심장이 멎는 줄 알았어요. 9월 20일에 올린 사진을 보고요. 언니가 카페에 앉아서 찍은 셀카에 나온 나무 팔찌, 그거 제 것이었어요. 방송 활동을 할 때 차고 나온 적은 없지만 스케줄이 없을 때는 자주 차고 다녔어요. 흔한 모양이라 헷갈린 거라고 할 수 있겠지만 그 팔찌가 맞아요. 잃어버렸는데 돌고 돌아서 언니에게 간 거라고 짐작해요.

그런데 왜 하필 그 팔찌가 하고많은 사람 중에 언니에게 갔을까요? 언니와 저랑 친해서? 이 이유라면 다행인데 저는 다른 이유라고 확신해요. 그 이유를 얘기하려고 해요. 직접 만나서 하고 싶지만 언니도 알다시피 제 귀국일이 내년 겨울이잖아요. 전화나 스마트톡으로는 말하기 껄끄러워서 이렇게 글을 쓰게 되었어요.

제가 스타더스트 멤버로 활동한 시절, 큰일을 겪었어요. 그때 그러니까 정확히, 만 18세 때 당시 사귀던 남자 친구와 별장에 놀러 갔었어요. 제 첫사랑, 아니 첫 남자 친구. 언니도 알죠? '수혁'이요. 아이돌 걸 그룹 스타더스트를 발굴한 기획사 대표 아들, 수혁이요. 그때 스타더스트 인기가 최고점을 찍던 때였죠. 수혁은 수재라고 칭송받는 고3이었고요. 잘나가는 여가수와 고3 남학생이 시간 내기란 쉬운 일이 아니었어요.

그즈음 눈치를 챘어야 했나 봐요. 수혁이 변했다는 사실을요. 항상 다정하던 수혁이었는데 제가 데뷔한 지 3개월이 넘어가니 누구를 만났냐고 꼬치꼬치 캐묻고, 팬 미팅을 마치고 나니 자상하던 말투가 퉁명스럽게 변한 것도요. 저는 너무 속상했어요. 그래서 둘이서만 놀러 갔다 오면 미묘하게 틀어진 관계가 전으로 돌아갈 줄 알았어요.

제가 먼저 수혁에게 놀러 가자고 졸랐어요. 수혁은 고3이라 바쁘다고 거절을 하더라고요. 저는 부끄러움도 잊고 다시 제안했어요.

1박을 하자고요. 그것 때문이었을까요. 수혁은 언제 그랬냐는 듯이 금세 오케이를 하더라고요. 놀러 가는 곳도 자기가 알아서 다 정했고요.

수혁과 머문 별장은 동화에 나오는 성처럼 아기자기하고 포근했어요.

그날 밤 자주 꾸는 꿈을 또 꾸었어요. 어릴 때 살던 집이 불타는 꿈요. 몸을 뒤척이다 잠에서 깼어요. 그때 그 나무 팔찌를 차고 있었지요. 네, 언니가 찍은 셀카에 나온 바로 그 팔찌요.

습관대로 팔찌를 만지작대며 거실로 나갔어요. 희뿌연 달빛이 거실에 길게 늘어져 있었어요. 통유리에 비친 제 모습을 보고 깜짝 놀랐어요. 실오라기 하나 걸치지 않아서 얼른 몸을 돌리는데 언제 나왔는지 수혁이 나와 있었어요. 수혁이 나이트가운을 내밀어서 받아드는데 손이 아주 뜨거웠어요.

화들짝 놀랐는데 수혁이 제 어깨에 팔을 감고 다시 침실로 이끌었어요. 그때는 열기가 느껴지지 않아서 제가 착각한 거라고 생각했어요.

아침이 되자 수혁이 물었어요.

"밤에 악몽 꾼 거야? 생방송할 때도, 콘서트 때도 눈 하나 깜짝 안 하는 네가 겁에 질린 거 처음 봤어."

저는 씁쓸하게 대답했어요.

"그런가? 내가 전에 말했지. 나 어릴 때 집에 불이 났었거든……"

수혁이 제 말을 가로막으며 말했어요.

"다 지난 일이야. 이제 네 옆에 내가 있잖아."

그렇게 말해 주는 수혁이 참 고마웠어요. 물끄러미 수혁의 얼굴을 바라보았어요. 당장 영화에 캐스팅이 되어도 부족하지 않은, 조각 같은 외모가 눈부실 정도였어요. 이렇게 든든한 남자 친구도 있고, 저도 인기를 얻은 연예인이니 이제 걱정할 일은 없다고 생각했지요. 수혁과 저는 '건전한 이성 교제'라는 표현에 딱 어울리는 풋풋한 커플로 여겨졌어요. 비록 미성년자 둘이 함께 밤을 보내긴 했지만 서로 좋아서 한 달콤한 경험이었어요. 그 생각에는 아직도 변함이 없어요. 자랑할 일은 아니지만, 부끄러운 일도 아니라고 판단했어요.

즐거웠던 하루가 저물고 서울로 가는 길이었어요. 수혁네 집 기사가 운전하는 차를 탔는데 수혁이 거침없이 스킨십을 하더라고요. 다른 사람이 있는 앞에서 이러니 저는 민망해서 몇 번이나 그만하라고 속삭였어요. 그러니 수혁이 짜증을 냈어요.

"나는 네가 원하는 거 다 들어줬잖아. 고3인데도 네가 별장 가자고 해서 가 줬는데, 넌 왜 이래?"

기사가 있어서 그렇다고 대답하자, 수혁은 자기 사람이니 신경 쓰지 말라고 하고 제 허리에 팔을 감았어요.

"이제 네 몸은 나만 만질 수 있어. 어젯밤 일 알지? 너도 좋아했잖아."

뭐라 대꾸하기도 전에 차가 숙소 앞에 서서 저는 대답 없이 내렸어요. 수혁의 말이 껄끄럽긴 했지만 숙소에 들어서자마자 몰아치는 스케줄 이야기에 정신이 없어서 신경 쓸 겨를이 없었어요.

긴장을 잃지 않으려고 체중계 앞에 섰어요. 몸무게를 재고 내려오는데 '에디트 피아프'의 〈사랑의 찬가〉가 들렸어요. 수혁하고만 연락하려고 개통한 휴대폰 벨 소리였어요. 언니가 왜 하필 〈사랑의 찬가〉 멜로디냐고, 벨 소리를 들으면 남자 친구가 있다는 걸 다른 사람들이 눈치챌 것 같다고 말했지요. 기억나죠?

휴대폰은 보이지 않고 벨 소리만 들려서 찾고 있는데 그때 로드매니저인 동규 오빠가 들어왔어요. 손에 그 휴대폰이 들려 있었어요.

"이거 누구 휴대폰이지? 현관에 떨어져 있던데."

저는 재빨리 휴대폰을 낚아채고 방에 들어갔어요. 등 뒤에서 로드매니저의 목소리가 들렸어요.

"발신자에 '오나혁럽'이라고 뜨던데 남자 친구 맞지?"

놀리는 말투라 저는 고개를 돌리고, 혓바닥을 쏙 내밀었어요.

"고딩도 짝이 있는데 나만 썰렁한 솔로네."

로드매니저가 너털웃음을 짓는데 매니저가 날카롭게 외쳤어요.

"대표님 아들이라 눈감아 주는 거야. 절대 소문나면 안 되는 거 알지? 친구라고 해라."

남자 두 명의 목소리가 수혁에게도 전해졌나 봐요. 수혁이 매니저보다 더 날카롭고 거친 목소리로 다그치더라고요.

"뭐야, 왜 남자 목소리가 들려? 뭐지?"

"아, 매니저 오빠 두 명. 스케줄 공유 때문에."

"헛, 오빠? 한참 나이 많은 사람한테 오빠라고 부르냐? 살살대는 느낌이 들잖아."

"아니, 너 그게 무슨 말이야?"

저는 당황하면 눈동자가 흔들려요. 시야가 흐려지는데 수혁의 목소리가 차분하게 변했어요.

"오빠라는 말이 주는 뉘앙스 때문에 내가 좀 예민했나 봐. 너랑 헤어진 지 30분도 안 지났는데 벌써 보고 싶어."

지금 생각하면 바보 같지만 그 말 한마디에 마음이 풀렸어요. 그 누구보다 더 나를 사랑해 주는 수혁이 질투한 거라고 생각했죠. 저는 수혁에게 시험공부를, 수혁은 제게 방송 준비를 열심히 하라고 당부했어요. 저랑 같이 방을 쓰는 멤버가 들어와서 전화를 끊을 때가 되었어요. 수혁이 느닷없이 이런 말을 하고 먼저 전화를 끊었어요.

"세상 사람 모두가 널 아니까 불안했는데 이제 네가 내 것이 되어서 마음이 놓여. 후훗, 어젯밤 그 일 항상 기억해라. 그럼 쉬어."

자려고 누웠지만 수혁이 한 말이 고막에 붙어 떨어지지 않았어요. 수혁은 별장에서 보낸 하룻밤을 나와는 다르게 받아들였다고 생각하니 찜찜했어요. 불편한 기분을 떨치려고 저를 위로해 준 수혁의 말을 떠올렸어요. 세상에 수혁처럼 완벽한 남자 친구를 마다할 여자는 없으리라 생각하며 스르르 잠들었어요. 그만 악몽을 또 꾸었어요. 하도 자주 꾸는 꿈이라 꿈인 줄 알아차렸어요.

작은 시골집에 짙은 회색 연기가 피어나고 있어요. 타는 냄새가 코를 찔러요. 주름투성이 손이 내 눈을 가려요. 소방차 소리가 나서 나는 손을 밀어내요. 구급차에 실려 가는 어른 두 명이 언뜻 보여요. 엄마와 아빠예요. 할머니가 구급차로 뛰어가다가 쓰러져요. 나는 영문을 몰라 우두커니 서 있어요. 한동안 안 보이던 아빠가 할머니와 제가 없을 때 또 찾아왔던 거예요. 아빠와 있었던 일들이 스쳐 지나가요.

엄마 아빠와 같이 살 때 아빠가 엄마에게 오늘은 어디 어디를 다녀왔냐고 꼬치꼬치 캐묻던 일, 엄마가 아파트 수위 아저씨와 이야기했다는 이유로 아빠가 엄마의 뺨을 때린 일, 아빠 몰래 한밤중에 엄마와 둘이 할머니 집으로 도망간 일 등등요. 무엇보다 엄마가 아빠와 이혼했다고 좋아한 바로 그날, 아빠가 술에 취해 할머니 집에 찾아와서 유리창을 깬 일, 엄마가 경찰에 아빠를 신고하자 아빠가 몸을 꼬면서 죽을 것 같다고 악을 쓰며 소리 지르던 일…….

다시 정신을 차리니 이번에는 할머니와 저, 둘이 마주 보고 앉아 있어요. 할머니가 울부짖어요.

"네 애비라는 작자가 지귀가 되었어. 설마 그렇게까지 될 줄은 몰랐다. 금쪽같은 내 새끼를 죽인 거야. 진즉에 알아채고 저놈을 처단했어야 했는데…….”

“지귀가 뭐예요?”

할머니가 가슴을 치면서 말해 줘요.

“불귀신 요괴야. 누군가를 좋아하는 마음을 품으면 그 마음이 금방 변질되지. 상대방을 소유하려 하고 자기 마음대로 안 되면 집착하고 괴롭히는 끔찍한 요괴. 마음에 품은 사람의 물건이 몸에 닿으면 불이 나와서 타들어 가. 네 아빠가 우리 집에 와서 지 몸에 난 불을 엄마한테 붙인 거야. 썩을 놈, 죽을 거면 혼자 죽었어야지.”

말을 마친 할머니는 통곡해요. 꿈인 줄 알기에 저는 주먹을 꼭 쥐고 할머니에게 큰 소리로 말해요.

“할머니, 울지 마. 나 이제 괜찮아요. 멋진 가수가 되었고 이렇게 잘 크고 있잖아요.”

눈을 뜨니 어두웠어요. 비록 꿈이지만 대처를 잘한 거 같아서 무섭지 않았지요.

엄마와 아빠가 죽고 나서, 할머니가 저를 앉혀놓고 한 말이 떠올랐어요.

“엄마 없어도 이 할미가 있다. 지귀는 죽었다. 또 나타나도 내가 다 물리칠 테니 아무 걱정 마라. 너 하고 싶은 거 다 하고 살아.”

할머니 말대로 저는 꿈꾸던 가수가 되었어요. 의처증이 있는 폭력적인 아빠가 불을 내서 엄마와 함께 죽는 걸 보고, 할머니와 단둘이 살아온 티가 전혀 나지 않는, 해맑은 외동딸 이미지를 뿜어내는 매력 넘치는 가수요. 제가 고아라고 하니 언니가 놀라던 게 눈에 선해요. 그때도 고아라는 것만 밝혔지 아빠가 엄마를 죽게 만든 건 차마 말하지 못했지요. 이제야 털어놓게 되었네요.

저는 밤새 "지귀는 사라졌어. 불에 타 죽었어. 난 이렇게 잘 살고 있어. 지귀는 없어."를 주문처럼 외웠어요.

주문에 정말 힘이 있나 봐요.

"어머, 우리 메런 음원 차트 1위야."

호들갑 떠는 멤버의 말에 졸던 저는 부스스 눈을 떴어요. 밴을 모는 로드매니저가 백미러를 보며 엄지를 들어 올렸어요.

"스타더스트 대박! 이렇게 쭉쭉 뻗어 나가라."

저는 뮤직 사이트에 들어가서 동영상 재생 목록을 확인하고 떨리는 목소리로 말했어요.

"얏호, 우리 뮤비 조회수도 1위네."

말을 끝내자마자 휴대폰이 울렸어요. 수혁이 보낸 스마트톡이 보였어요.

―스타더스트 음원 1위 했더라.

부지런히 자판을 누르려는데 다시 스마트톡이 떴어요.

―내가 왜 이걸 직접 알아봐야 하지? 너 뭐 하는 거야? 이런 기쁜 소식을 나한테 제일 먼저 알려야 하지 않아? 황당하고 불쾌하다.

손가락이 움찔했어요. 우물쭈물하는데 휴대폰이 울려서 전화를
받았어요.

"왜 답을 안 해? 너 너무한 거 아냐? 난 시험공부 때문에 하루에
세 시간 잘까 말까 하는데도 널 위해서 기사 다 찾아보고 모니터도
해 주는데 넌 왜 보고를 안 해?"

"나 지금 차 안이고, 이동 중이야."

"나도 학원 가는 길이야. 나도 바빠. 난 아무리 바빠도 흑기사처
럼 너만 바라보고 지켜 주는데 너는 이게 뭐야? 내 생각을 하긴 하
는 거야? 별장 갔다 오면 네가 좀 달라질까 했는데 실망이다."

수혁의 말을 들으니 왜 수혁과 사이가 껄끄러워졌는지 알 수 있
었어요. 저는 수혁이 변했다고 생각했는데 제가 변했던 거예요. 그
동안 수혁에게 신경을 못 써 줬다는 생각이 들었어요.

저는 일부러 명랑하게 목소리를 냈어요.

"미안해. 이제부터 나한테 일어나는 일들 너한테 제일 먼저 말할
게."

수혁이 만족해하며 웃는 소리가 들렸어요. 저는 수혁에게 며칠
전에 완성한 손뜨개로 만든 휴대폰 케이스를 선물하기로 마음먹었
어요.

스타더스트 멤버들이 제 어깨를 톡톡 쳤어요.

"남자 친구? 오늘은 우리끼리 파티해야지."

하루가 저물 무렵 숙소에 스타더스트 멤버 여섯 명이 옹기종기

모였어요.

"매니저 있었으면 빨리 자라고 잔소리했을 텐데, 우리끼리만 있으니 좋네."

저는 식탁 위에 있는 음식을 보고 피식 웃었어요.

"탄산수랑 오이가 전부? 야식 한번 배 터지게 먹고 싶어."

제가 말하니, 푸념이 쏟아졌어요.

"그러고 싶지만 몸무게 생각하면 으악."

"붓기만 해도 악플이 장난 아니잖아."

그제야 하루 종일 한 끼만 먹은 게 생각나서 허기졌어요. 오이를 집는데 수혁에게서 전화가 왔어요.

"리나야, 나 숙소 밖인데 잠깐 얼굴 볼 수 있을까?"

저는 얼른 서랍을 뒤져서 정성껏 만든 휴대폰 케이스를 집었어요. 거울을 보고 환하게 웃는 연습을 하고 서둘러 밖에 나갔어요. 급히 뛰어가는데 배가 고파서 휘청했어요. 누군가 잡아 주지 않았으면 넘어질 뻔했지요.

"리나, 너 왜 그래? 이 시간에 어디 가니?"

로드매니저였어요. 제가 잠깐 친구를 보러 간다고 말하는데 그림자가 지는 게 느껴졌어요. 고개를 돌리니 수혁이 서 있었어요. 어둠이 푸르스름하게 깔리는 시간에 수혁의 두 눈이 이상하리만큼 빛났어요. 꼭 이글거리는 것 같기도 했어요.

"너, 이 남자 뭐야? 둘이 뭐 하는 거야?"

로드매니저가 수혁 앞에 섰어요.

"수혁이구나. 나 로드매니저잖아. 회사에서 몇 번 봤는데 기억 안 나니?"

저도 수혁에게 로드매니저를 모르냐고 물었어요.

수혁이 로드매니저의 얼굴을 뚫어져라 보면서 말하더라고요.

"어? 동규 아저씨네. 근데 리나랑 뭐 하는 짓이죠?"

이번에는 제가 대신 대답했어요.

"너 얼른 만나려고 뛰어오다가 잠깐 휘청했어. 요즘 계속 다이어트 중이라 어지러웠나 봐."

로드매니저가 웃으며 수혁의 등을 툭 치고, 손을 흔들며 사라졌어요. 수혁은 로드매니저가 있던 자리에 침을 퉤 뱉었어요. 그 모습이 섬뜩했지만 내색하지 않고 휴대폰 케이스를 수혁에게 건네주며 연습한 대로 웃었어요.

수혁이 휴대폰 케이스를 쥐고 저를 위아래로 훑어보며 버럭댔어요.

"동규, 저놈이랑 뭐 한 거야? 왜 몸이 붙어 있었지?"

"말했잖아, 뛰어오다가 어지러워서……. 아니, 몸이 붙다니? 그게 무슨 뜻이야? 어쩜 그런 말을……."

제가 말을 잇지 못하자 수혁이 금방 사과하더라고요.

"미안해. 별장에 갔다 온 후로 내가 좀 예민한가 봐. 케이스 잘 쓸게. 고마워."

잠깐 머뭇댔지만 헤어질 때 수혁과 저는 서로를 보며 부드럽게 웃었어요. 아무리 좋은 사이라도 갈등을 피할 수는 없는 거 같아요. 그동안의 다툼들이 되레 수혁과 저의 사이를 깊게 만들어 주었다고 생각하려고 애썼어요. 스스로를 세뇌시키니 마음이 편해졌어요.

숙소에 돌아와 콧노래를 부르며 샤워를 하고 나와 머리를 말릴 참이었어요. 수혁에게서 전화가 왔어요. 수혁의 따뜻하고 사려 깊은 말을 기대하며 전화를 받았어요. 세상에나, 그렇게 화난 말투는 처음이었어요. 물론 예고편에 불과했지요. 그때는 몰랐지만.

"야, 너 왜 〈쇼 유어 스타〉에 나온다는 거 말 안 했어? 도대체, 왜? 그리고 천박하게 그게 무슨 짓이야?"

저는 입이 굳어져서 말이 안 나올 지경이었어요. 수혁의 폭언은 계속 이어졌어요.

"인기 좀 있다고 눈에 뵈는 게 없냐? 별장에서 나랑 잔 거 잊었어? 딴 남자 동시에 만나냐?"

손으로 심장 언저리를 누르면서 겨우 입을 열었어요.

"너야말로 무슨 말을 그렇게 하지? 스케줄을 너한테 먼저 이야기하기로 정한 건 오늘이잖아. 〈쇼 유어 스타〉는 그 전에 녹화한 거야. 너 어쩜……."

전화가 끊기더라고요. 둔탁한 소리가 들린 걸로 봐서 수혁이 제 분에 못 이겨 휴대폰을 벽에 던진 것 같았어요.

언니도 알죠? 〈쇼 유어 스타〉. 십 대 연예인만 출연하는 토크쇼
인 거요. 원래 저 말고 윤아정이었나? 그 배우가 캐스팅되었는데
해외 촬영으로 갑자기 제가 투입되었지요. 급히 바뀌어서 정신없
이 녹화하느라 수혁에게 말을 못 했어요.

〈쇼 유어 스타〉에 출연했을 때를 돌이켜보았어요.

사회자가 저에게 물었어요.

"리나 씨는 이상형이 어떻게 돼요?"

"이상형은 딱히 없어요. 모태 솔로라서 막연히 남자 친구가 생기
면 어떨지……."

사회자가 저에게 같이 출연한 남자 배우 현준을 남자 친구로 가
정하고 짧은 연기를 보여 달라고 했어요. 저는 거침없이 현준의 팔
을 잡고 눈웃음치면서 말했어요.

"오, 나의 현준 님이시여! 사랑해……."

저는 심호흡을 했어요. 그제야 수혁이 왜 불같이 화를 냈는지 알
수 있었어요. 그때 제 휴대폰에 수혁은 '오나혁럽'으로 저장되어 있
었어요. '오, 나의 수혁 님이시여! 사랑해.'를 줄인 둘만의 은어였어
요. 그걸 방송에서 제가 다른 남자에게 쓴 거였어요.

문득 반대로 수혁이 다른 여자애랑 그런다면 저도 화가 날 것 같
긴 했어요. 그렇지만 수혁이 퍼부은 말은 너무 심한 말이고…….

생각이 꼬리에 꼬리를 물었어요. 멋진 남자 친구를 잃고 싶지 않
지만 수혁의 행동이 소름 끼치기도 하고, 어떻게 해야 할지 판단이

서지 않았어요. 아마 수혁도 그랬겠지요. 그렇게 어영부영 며칠이 지났어요.

스타더스트 미니 콘서트를 하느라 정신이 없었어요. 마음은 무거웠지만 콘서트 티켓이 10분 만에 매진되어서 그 와중에 기분이 좋았어요. 콘서트를 하면서도 수혁이 자꾸 생각났어요. 깊이 고민하고 또 고민한 끝에 결론을 내렸어요. 나는 수혁을 사랑하는구나, 수혁도 나를 정말 아끼고 사랑해서 한 행동이니 먼저 다가가자고 마음먹었어요.

수혁에게 스마트톡을 보냈는데 동시에 스마트톡이 왔어요. 수혁이었어요. 웃음이 나오더라고요. 우리 둘은 헤어질 수 없는 운명과 인연으로 얽혔다고 생각했어요.

-잘 지냈어? 시험은 잘 봤을 거라 생각해. 넌 수재니까.

-콘서트 10분 만에 매진되고 잘 마친 거 알아. 중간고사 때문에 못 가서 미안해.

휴대폰으로 시작된 대화는 백화점 VIP룸에서 얼굴을 보고 이어졌어요.

수혁이 싱그러운 붉은 장미 한 다발을 내밀었어요. 장미 향을 맡는데 수혁이 자리에서 일어나 제 목에 목걸이를 걸어 주었어요.

"…… 항상 너한테 받기만 하네. 그날 네가 전화해서 다짜고짜 화를 내니 나도 화가 나서 말을 막 한 것 같아. 네 입장에서 생각해 보니 기분 나쁠 만했어. 미안해."

"아냐, 네 말대로 내가 화를 너무 많이 냈어. 다시 만나 줘서 고마워."

잠깐 침묵이 흐르고 우리 둘은 살짝 웃었어요. 수혁이 미소를 머금고 말했어요.

"별장에 가기 전후로 너랑 크고 작은 트러블이 많았잖아. 우리 서로 지킬 규칙을 정하자. 오해가 생기지 않게."

제가 좋다고 하자 수혁이 반으로 접은 종이를 내밀었어요.

"말로 하기 뭣해서 미리 써 왔어. 너도 좋아할 거 같아."

종이에 적힌 내용은 아……. 지금 생각하면 정말 황당해요. 물론 그때도 놀라서 제 손 모양대로 종이가 구겨졌어요.

"너 이걸…… 이거 대체 무슨 정신으로 쓴 거야? 이게 말이 돼?"

수혁이가 눈썹을 꿈틀대며 말했어요.

"서로를 위한 거야. 아니, 너를 위한 거지."

기가 막힌 저는 혀를 차면서 대꾸했어요.

"나를 위한 거? 스케줄이 있을 때마다 보고한다. 그래, 이건 이미 정한 거니 알겠어. 음악 방송 외 방송 출연을 할 때 진행자가 남자거나 출연자 중에 남자가 있을 경우 출연하지 않기. 이게 가능하니? 인터뷰할 때 남자 친구 있다고 밝혀라. 넌 정말 이게 가능하다고 생각해?"

"나 연예 기획사 대표 아들이야. 어릴 때부터 연예인 보고 자랐어. 가능하니까 정한 거야. 너 나 사랑한다면서? 이것도 못 지켜?

너는 날 뭘로 보는 거지?"

저는 주위를 살피고, 목소리를 낮추었어요.

"가장 어이가 없는 게 규칙을 세 번 이상 어기면 은퇴를 하라는 거야. 부모도 이러진 않겠어. 너야말로 날 뭘로 보는 거니?"

수혁은 사귀는 사이에서 이 정도 구속은 당연한 거라고 강조했어요. 저는 말이 나오지 않았어요. 수혁의 요구가 황당해서만은 아니었어요. 마음속 깊이 연기가 피어올랐어요. 시골집이 불탈 때 나던 연기요. 불길한 기시감 때문이었죠. 가느다란 연기가 끊임없이 퍼져서 짙은 안개가 되어 가는 것 같았어요.

저는 고개를 절레절레 저었어요.

'아냐, 그런 일은 두 번 다시 일어나지 않아.'

수혁이는 이런 저를 보며 기막혀하더라고요.

"왜 그래? 못 지키겠다는 거야? 사랑한다면서, 같이 밤도 보내 놓고, 이조차도 못 지킨다?"

제 몸짓을 다르게 해석한 수혁을 보니 절망감이 엄습했어요. 간신히 세운 둑이 무너지는 느낌이었어요. 허탈감에 팔짱을 끼는데 나무 팔찌 촉감이 느껴졌어요. 나무 구슬을 한 알씩 쓰다듬는데 불현듯 접어두었던 기억이 스쳤어요.

저는 겨우 진정을 하고 다시 종이를 집어 들었어요.

"스케줄이 있을 때마다 보고한다. 알겠어. 다음, 음악 방송 외 방송 출연을……."

수혁이 볼펜을 꺼내더니 종이를 돌려받아 제가 한 말을 적어 넣었어요. 저는 다시 종이를 보고 한 문항씩 읽어 나가며 수혁과 조율해 나갔어요. 물론 모든 항목을 다 납득할 수 없었지만 수혁을 실험해 보고 싶었어요.

항목이 정리되자 제가 수혁에게 물었어요.

"너 나 사랑하니?"

"그런 낯 뜨겁고 오그라드는 말보단 내 행동을 보면 알 수 있잖아. 나보다 널 더 위해 주는 사람이 어디 있냐?"

'위해 주는 사람'이라는 말, 아빠가 엄마에게 자주 했던 말이었어요. 저는 실낱같은 희망과 몰아치는 불안감을 동시에 느끼며 나무 팔찌를 벗어서 수혁에게 건네주었어요.

"나도 널 위하거든. 이거 나한테 정말 소중한 물건인데 너한테 주는 거야. 대신 나 만날 때 이거 꼭 하고 와. 나도 이 정도는 요구해도 되지?"

"이쯤이야."

"나 만날 때 이 나무 팔찌 꼭 해야 해. 약속했다!"

저는 그날 수혁과 헤어지면서 아직은 더 지켜봐야 한다고 되뇌었어요.

다음 날 어둑어둑한 새벽, 저는 흔들리는 밴 안에서 잠을 자고 있었어요. 새벽 촬영을 하러 가는 길이었어요. 졸린 눈을 비비며 수혁에게 촬영하러 간다고 스마트톡을 보냈어요.

─그래. 나는 이제 아침밥 먹고 학교 가려고. 스타더스트 홈페이지 보니 오늘 스케줄 세 개더라. 잘하길 기도할게.

밴은 촬영장에 도착했고 쉼 없이 메이크업, 리허설, 촬영, 모니터링이 이어졌어요. 촬영을 마치고 부지런히 날갯짓하는 꿀벌처럼 다시 밴에 올라타고 이동하기를 반복했어요. 매니저가 멤버들 어깨를 두드려 주었어요.

"마지막 일정이 하나 더 생겼어. 간단한 거야. 지난번에 찍은 광고 내레이션한 거 수정하는 거거든. 한 시간도 채 안 걸릴 거 같으니 조금만 힘내자."

저는 고된 몸을 추스르며 가수가 되려고 연습하던 날들을 회상했어요. 그토록 원하던 가수가 되었으니 이 정도 피로함은 당연하다고 생각하니 힘이 솟았어요. 무엇보다 끊임없이 이어지는 바쁜 활동 덕에 수혁에게서 해방되는 기분이 들어 홀가분했지요. 그때의 감정이 아직도 생생해요. 마음은 속일 수가 없나 봐요. 그때 언니도 메이크업을 해 주면서 의아해했지요.

"새벽에는 얼굴이 칙칙하던데 지금은 뽀얘졌네. 리나, 너 야행성이구나."

수혁이 새벽에 제 스케줄을 체크했기에 안색이 안 좋았겠지요. 퍼뜩 수혁이 마지막 스케줄을 모른다는 걸 깨달았어요. 공식 스케줄이 아니고 갑자기 잡힌 거라서요.

저는 휴대폰을 들고 수혁에게 마지막 스케줄을 알리려다가 휴대폰을 집어넣었어요. 턱 근육이 볼록 튀어나올 정도로 이를 악물고 휴대폰 전원을 껐어요.

매니저 말대로 마지막 일은 쉽게 끝났어요. 자정으로 향하는 시간, 숙소로 돌아가는 차 안에서 창밖을 보았어요. 온통 검은 화면에 길게 늘어지는 불빛을 보며 심호흡을 하고 휴대폰을 켰어요. 기다렸다는 듯이 부재중 전화와 스마트톡, 문자메시지가 뜨더라고요.

—스케줄 세 개면 지금쯤 집 아냐? 누구랑 만나는 거지? 빨리 전화해.

—전화 왜 안 해? 이거 보는 대로 전화해라.

—나한테 어떻게 이럴 수가 있지? 약속했잖아. 왜 약속을 어기지? 나 몰래 무슨 일을 하는 거야?

—내가 너한테 해 준 걸 생각해 봐. 다 널 위해서, 너 걱정해서 이러는 거잖아.

저는 메시지를 읽으며 입술을 깨물었어요. 고된 하루 일정에 피곤했는지 멤버들은 다 자고 있지만 저는 잠이 오지 않았어요.

조용한 차 안에 운전을 하는 로드매니저의 목소리가 울렸어요.

"리나는 안 피곤하니? 다들 자는데 안 졸려?"

제가 대답을 안 하자, 로드매니저가 웃으며 말했어요.

"아하, 수혁이랑 연락하느라 그렇구나. 수혁이 잘 지내지?"

저는 힘없이 고개를 떨구었어요.

다시 조용해진 차 안에 〈사랑의 찬가〉가 울려 퍼졌어요. 〈사랑의 찬가〉는 끔찍한 고문을 당하는 사람의 비명처럼 고막을 뚫었어요.

"야, 이게 무슨 짓이야? 왜 전화를 이제야 받아."

"스케줄이 하나 늘어서 전화기 꺼 뒀어."

"뭐? 없던 스케줄이 왜 늘지? 너 무슨 짓 한 거야? 이 시간에 어딜 간 거야?"

저는 부르르 몸을 떨면서 대답했어요.

"공식 스케줄이 아니고, 전에 했던 거……."

수혁이 또 휴대폰을 던졌는지 통화는 이어지지 않았어요. 한숨을 쉬는데 다시 휴대폰 알림음이 들렸어요.

휴대폰 화면에 동영상이 자동 재생되고 있었어요. 시스루셔츠를 입고 침대에 앉은 제 모습이 보였어요. 가슴과 허벅지 안쪽이 보일 듯 말 듯한 자세로 앉아 있는 제 모습이요. 붉은 조명 덕에 퇴폐적으로 보였어요. 저 조명을 보니 어딘지 알 수 있었어요. 별장의 침실이었어요. 왼쪽에 불그스름한 불빛을 내는 조명이 있었거든요. 제 뒤로 상반신을 탈의한 수혁이 나타나 저를 뒤에서 끌어안았어요. 수혁의 손가락이 제 셔츠 단추 하나를 푸는 장면까지 보고 저는 휴대폰을 떨어뜨렸어요.

그 바람에 옆에 앉은 멤버가 잠에서 깨더니 말했어요.

"어디 아파? 왜 이리 부들부들 떨어?"

저는 고개를 젓고 누가 볼세라 재빨리 휴대폰을 집었어요. 숨도 못 쉬면서 동영상을 끝까지 보았어요. 어떤 동영상인지 알겠죠? 그때 실신을 안 한 게 신기할 정도예요.

저는 수혁에게 전화를 걸었지만 통화 연결이 되지 않았어요. 당장 만나자고 메시지를 보냈어요.

메시지를 주고받은 지 30분도 채 안 되었는데 수혁이 제가 있는 스타더스트 전용 밴에 들어왔어요. 저와 수혁은 뒷좌석에 나란히 앉았어요.

"온갖 바쁜 척에, 잘난 척에 튕기더니 웬일로 먼저 만나자고 하지?"

제가 고개를 숙이고 무겁게 입을 열었어요.

"시간이 별로 없어. 멤버들은 다 숙소에 갔고 이 시간에 어디 들어갈 곳도 없어서 차 안에서 만나자고 한 거야. 로드매니저가 30분만 이야기 나누래. 주차하고 자기도 퇴근해야 한대."

저는 숨을 가쁘게 몰아쉬면서 말했어요.

"동영상 언제 찍은 거야? 그거 지워 줘."

수혁이 주먹을 움켜쥐었어요.

"이건 정말 비열한 짓이야. 너 그런 애 아니잖아. 제발 지워 줘."

간절히 부탁해도 아무 말도 못 들은 것 같은 수혁의 태도에 저는 땅속으로 들어가기라도 할 것처럼 허리를 굽혔어요. 무릎을 꿇고 빌고 싶은 심정이었어요.

"너 왜 이래? 연극해? 일부러 나 죄책감 느끼게 하려고 미안한
척하는 거지? 역겨운 년."

저는 고개를 들고, 수혁을 봤어요. 불타는 수혁의 눈빛은 아빠가
엄마를 다그칠 때의 눈빛과 흡사했어요.

수혁이 휴대폰을 제 눈앞에 내밀고 동영상을 삭제하더라고요.

"아아, 내 말 들어줘서 고마워. 네가 이런 거나 찍는 나쁜 사람이
아니란 거 알아."

"그럼 넌 날 위해 뭘 해 줄 건데? 약속을 정해 놓았는데 먼저 어
긴 건 너야. 올해까지만 활동하고 슬슬……."

저는 두 손으로 귀를 막고 "악!" 외쳤어요.

"우리 사이 정상이 아니야. 나 너무 지쳤어. 너 나한테 쌍욕까지
하잖아. 우리 이제 그만하자. 헤, 헤어지자."

입을 삐죽이며 저를 보던 수혁이 다시 휴대폰을 꺼냈어요. 웹하
드에 접속해서 저장 공간을 클릭하고 저에게 내밀었어요.

"이게 뭐야? 너, 너 동영상을 설마?"

"설마 동영상을 휴대폰에만 저장해 놓았겠냐? 웹하드에도 있고
내 노트북, 외장 하드, 유에스비에 다 복사해 두었어. 여자 연예인
이, 그것도 미성년자 아이돌 가수가 동영상이란 말 함부로 해도 되
냐? 까불지 마. 후훗."

수혁이 차 문을 세게 닫고 내렸어요.

저는 앉아 있는데도 다리가 후들거렸어요. 연습생 시절 무수히

들었던 이야기가 줄줄이 떠올랐어요. 성관계 동영상 유출로 연예인으로서는 물론이거니와 여성으로서, 사회인으로서 매장당한 에피소드들. 밤이 깊어서 숙소로 돌아가야 하는데 눈앞이 아득했어요. 맨홀이 있다면 그리로 빠지고 싶었어요.

밴 앞문이 열리고 로드매니저가 들어왔어요.

"수혁이 잘 만났니? 오다가 수혁이 봤는데 걔 어디 아파? 얼굴이 벌건 게 컨디션이 영 안 좋아 보이더라. 내가 불러도 못 들은 척 뛰어가던데."

그 말에 제 머릿속이 반짝 빛났어요. 방금 전에 휴대폰을 내미는 수혁의 손목에 나무 팔찌가 있던 게 기억났어요.

성관계하는 장면이 적나라하게 찍힌 동영상과 지귀. 누구에게도 털어놓을 수 없는, 스스로도 믿기 힘든 일이 동시에 몰려오자 저는 울음이 터졌어요. 대성통곡을 하는 저를 로드매니저가 말없이 보더라고요. 한참 동안 울고 나니 로드매니저가 천천히 말했어요.

"내가 하는 일이 너희들 일 봐주는 거잖아. 난 네 편이니, 괜찮아. 얘기해 봐."

마치 엄마처럼 걱정 가득한 말투로 말하는 로드매니저의 태도에 저는 수치심도 잊고 수혁과의 일을 솔직하게 털어놓았어요. 동요 없이 말을 들은 로드매니저가 대답했어요.

"일단은 진정해. 내 친누나가 전 남자 친구한테 비슷한 일로 협박을 받았어. 이런 경우를 어떻게 대처할지 알아. 먼저 수혁이

한테 헤어지자는 말로 자극하지 마. 지금은 너무 늦었고 내일 내
가…….”

저는 손을 휘젓고 못다 한 말, 앞으로의 계획에 대해서도 말해
주었어요. 로드매니저는 반신반의하더니 그러지 말고 수혁을 만나
서 설득해 보고 그다음에 변호사를 만나자고 했어요.

“수혁이는 대형 기획사 대표 아들이에요. 더구나 동영상까지 찍
어 놓았고. 아니, 무엇보다 수혁이는 상식이 통하지 않아요.”

저는 불확실한 제 계획을 털어놓고 도와 달라고 부탁했어요.

“내일 아침에 숙소 앞에 차 대기시켜 주세요. 해결할 수 있을 거
같아요. 스케줄에 차질 없게 할게요.”

로드매니저가 모는 밴에 수혁이 탔어요. 손목에는 나무 팔찌가 걸
려 있었죠. 로드매니저가 룸미러로 저와 수혁을 보면서 말했어요.

“어쩌다 일일 기사 노릇을 하게 됐네. 자, 출발한다.”

밴은 미끄러지듯 서울을 빠져나가 한적한 경기도로 들어갔어요.
저는 마음을 강하게 먹으며 말했어요.

“자작나무 길이 멋진 곳 알아두었어. 산책하자.”

드디어 자작나무 산책로에 수혁과 나란히 섰어요. 수혁이 제 어
깨에 손을 얹었어요. 손이 뜨거웠어요. 별장에서 수혁이 나이트가
운을 건네줄 때도 손이 뜨겁던 기억이 났어요.

그제야 어리석은 지난 시간이 후회되었어요. 그동안 저는 수혁

의 행태가 사랑인 줄 착각했고, 수혁은 이런 저를 조종하려고 했던 거예요.

분노에 찬 저는 수혁의 손을 팽개쳤어요.

"야, 너 또 왜 이래? 간이 배 밖으로 나왔냐? 동영상 보고도 정신을 못 차렸어?"

저는 뒤를 돌아서 로드매니저를 불렀어요. 수혁이 험상궂은 얼굴로 말했어요.

"너 자꾸 동규랑 엮이는데 둘이 이상해. 뭐지? 바람 피우냐?"

"생각하는 게 겨우 그 수준이니?"

제 말에 수혁이 길길이 날뛰었어요. 화가 나서 펄쩍펄쩍 뛰는데 행동이 조금 이상했어요. 무언가를 찾는 듯이 뱅글뱅글 돌았어요. 급기야 저와 로드매니저에게 도와 달라며 손을 내밀었어요. 수혁이 울부짖었어요. 다그칠 때는 날카롭게 고함을 질렀는데 울부짖다니. 불확실한 예감이 확실해진다는 걸 알 수 있었어요.

수혁의 손등과 목덜미에 붉은 반점이 나타났어요.

"아악, 왜 이러지? 몸이 불타는 거 같아. 팔찌가 너무 뜨, 뜨거워."

나무 팔찌에서 작은 불길이 솟았어요. 불길은 조금씩 커졌지만 팔찌는 타지 않았어요. 수혁은 팔찌를 빼려고 했지만, 팔찌는 꽉 채워진 수갑처럼 빠지지 않았어요. 수혁은 온몸을 비틀며 달려가기 시작했어요. 저와 로드매니저도 따라갔어요.

수혁이 간 곳은 작은 폭포가 있는 개울이었어요. 개울에 풍덩 빠진 수혁은 또다시 팔찌를 빼려고 했지만 빠지지 않았어요. 몇 번을 낑낑대다가 간신히 팔찌를 빼더니 멀리 던졌어요.

　저는 물속에서 신음하며 꿈틀대는 수혁을 보며 지귀가 무엇인지 알게 되었어요. 이성을 사랑하는 마음이 변질되어 스스로 불구덩이가 되어버리는 요괴, 지귀. 수혁이는 지귀가 된 거예요.

　저는 나무 팔찌를 건네주던 할머니를 떠올렸어요. 아빠 때문에 엄마가 죽자 할머니는 미래를 내다보며 미리 준비를 한 거였어요.

　"이 나무 팔찌가 널 지켜 줄 거야. 용하다는 점쟁이한테 부탁해서 효험 있는 나무 구해다 만든 거야. 늘 차고 다녀라."

　"팔찌에 수호천사라도 붙었어요?"

　"그건 아니고 우리 리나가 엄마 닮아서 너무 예쁘잖아. 소도둑 같은 놈이 넘볼 수 있겠지. 네 아빠 같은……. 으휴, 그런 놈한테 이 팔찌가 닿으면 불이 나와서 타들어 갈 테니 걱정 마. 나쁜 놈이라면 지귀가 될 거야."

　"지귀는 아빠고 이제 세상에 없잖아요."

　"집착이 사랑인 줄 아는 삐뚤어진 놈팽이를 만난다면, 그놈은 지귀로 변할 거야. 몸에서 열이 나고 반점이 생기다가 결국 불이 나고 타들어 가. 그러다가 너한테서 떨어질 테니 아무 걱정 마라……."

저는 지금까지와 달리 느긋해졌어요. 이제 수혁도, 수혁이 갖고 있는 동영상도 두렵지 않았어요. 수혁은 저렇게 타들어 갈 거니까. 그래도 다시 한번 확인해 보기로 마음먹고 로드매니저에게 눈짓을 했어요. 놀라서 눈이 휘둥그레진 로드매니저가 입을 열었어요.

"어제 리나한테 얘기 들었어. 네가 한 짓은 범죄야. 실형을 받을 수도 있으니 얘기 좀 하자."

그 말을 들은 수혁은 개울에서 뛰쳐나왔어요. 물을 뚝뚝 흘리면서 로드매니저에게 주먹을 휘두르려고 했어요. 저는 재빨리 수혁을 가로막고 말했어요.

"난 네 인형도, 감정 쓰레기통도 아니야. 동영상이 무서워서 내가 잠깐 정신을 놓았나 봐."

분명 수혁이 팔찌를 빼서 던졌는데도 가슴 중앙에서 불길이 솟았어요. 눈앞에 보이는 게 현실인지 의심스러울 정도였어요. 수혁은 눈 깜짝할 찰나에 불에 휩싸였고, 저와 로드매니저는 뒷걸음질을 치며 산책로를 빠져나갔어요.

여기까지가 저와 수혁이 마지막으로 만난 날의 전모예요. 로드매니저와 서둘러 서울로 돌아와 음악 방송 녹화를 했어요. 언니가 저에게 전날 잠을 못 잤냐고, 혼이 나간 것 같은데 무슨 일 있냐고 물었잖아요. 그 질문의 대답을 이제야 하게 되었네요.

3일 후, 수혁이 전신 화상을 입고 입원했다는 소식을 전해 들었어요. 저는 주변의 시선을 아랑곳하지 않고 무작정 병원으로 찾아 갔어요. 하지만 수혁을 만나지 못했어요. 병실 밖에서 전담 비서의 말을 듣고 발길을 돌렸어요.

"수혁 학생이 전하래. 네 자료는 이제 하나도 없으니 다시는 연락하지 말라고."

잘못 쓴 글자를 지우개로 깨끗이 지운 것처럼 팔찌 사건에 대한 소문은 전혀 나지 않았어요. 아마 수혁도 끔찍한 경험을 했으니 다 잊고 싶어서 함구했겠죠. 저 역시 힘든 기억이라 아무에게도 이 이야기를 하지 않았어요. 심지어 언니에게도요. 로드매니저도 충격을 받았는지 아무 말도 하지 않더라고요. 이 이야기, 언니가 듣기에 믿기지 않을 수도 있겠죠. 떠도는 괴담으로 들릴 수도 있겠고요. 그때 함께 있었던 로드매니저에게 물어보면 제 말이 사실이라는 걸 확인할 수 있을 거예요.

제 팔찌가 왜 하고많은 사람 중에 언니에게 다다랐을까요?

그 나무 팔찌에는 주술이 깃들여져 있어요. 검붉은 색실에 향이 나는 나무 구슬이 꿰어져 있죠. 자세히 보면 구슬 하나하나에 작은 글씨가 새겨져 있어요. 어느 나라 언어인지는 모르겠는데 주문이라네요. 그래요, 팔찌는 지귀를 쫓아내 줘요. 제게 달라붙었던 지귀를 완전히 떨어뜨려 놓았지요.

다만 팔찌는 지귀에게 먼저 가지 않고 지귀가 마음에 품은 사람에게 간대요. 그 사람이 지귀를 알아보고 직접 물리치라는 의미로요. 모든 일에는 대가를 치러야 하니까요. 할머니가 시한부 목숨을 선고받은 날에 이 법칙을 말해 주었어요. 할머니는 눈을 감는 순간까지 저를 걱정했어요.

어제 언니와 한참 통화할 때 언니가 그랬죠. 매사에 집착과 구속이 심한 남자 친구가 화가 나면 폭언과 욕을 해서 무섭다고요. 제가 당장 헤어지라고 말했지요. 언니가 이 이메일을 읽을 땐 부디 그 남자와 헤어진 상태이길 바라요. 그렇지 않다면 그 남자에게 팔찌를 건네주어 스스로를 지키세요. 꼭이요.

글을 쓰며 지난 일을 돌이키니 저는 할머니에게 무조건적인 사랑을 받았다는 걸 다시금 깨달았어요. 그랬기에 저는 저를 지킬 수 있었어요.

이번에는 제가 언니를 지키려고 제 치부가 드러나는 힘든 이야기를 언니에게 했어요. 오늘 밤에는 오롯이 언니를 위해 기도하고 자려고요.

더비더비 _ 김명

덕구는 허벅지가 근질거려 잠에서 깼다. 손톱을 세워 벅벅 긁고 싶은데 몸이 말을 듣지 않았다. 엄지발가락을 꼼지락거려 다리에 시동을 걸어 봤지만 소용없었다. 머리끝부터 발끝까지 석고붕대를 감아 놓은 것처럼 옴짝할 수 없었다.

자도 잔 것 같지 않은 피로감. 새벽 여섯 시가 넘어 잠이 든 데다 내내 꿈에 시달렸기 때문이었다. 덕구는 회색 극세사 이불에 파묻혀 더 자고 싶었다. 가려운 것만 해결되면 말이다.

우웅, 휴대전화 진동음이 들렸다. 덕구가 실눈을 떴다. 커튼 틈으로 새어든 빛이 장대처럼 책상에 기대어 있었다. 오후 햇빛 속에서 먼지가 어지럽게 부유하고 있었다.

오늘…… 금요일인가?

내일이 사월의 첫날인데 등교 금지가 풀릴 기미가 없었다. 덕구는 입학식은커녕 교문도 못 밟아 보고 고등학생이 되었다. 감염병 때문이었다. 출처가 불분명한 바이러스가 세상을 삼켰고 학교마저 문을 닫았다. 방송에서는 올해 신입생들이 불운한 학년이라고 떠들어 댔다. 하지만 덕구는 딱히 나쁠 게 없었다. 먹고 싶으면 먹고 아무 때나 잘 수 있는 자연인의 생활이 만족스러우니까.

웅, 웅, 문자메시지 진동이 연달아 울렸다. 베개 아래로 느릿느릿 손을 넣어 휴대전화를 꺼냈다. 세준이가 보낸 문자메시지였다.

—몇 시에 끝나냐?

으으, 귀찮아.

집에 틀어박혀 지낸 지 열흘이 넘었다. 외출할 생각을 하니 덕구는 귀찮아 죽을 것 같았다. 이대로 침대에서 화석이 되면 좋으련만. 세준이 오지랖 때문에 그건 불가능할 것 같았다.

중3 기말고사가 끝나자 세준이는 다니던 학원을 모두 끊었다. 덕구도 세준이와 뜻을 같이했다. 하지만 덕구는 엄마 앞에서 입도 뻥긋 못 했다. 대입 정보를 줄줄 꿰고 있는 엄마가 이미 겨울방학 특강 시간표를 빼곡히 짜 놓았기 때문이다. 덕구는 수업 끝나기가 무섭게 팔랑거리며 교실을 빠져나가는 세준이 뒷모습만 봐야 했다.

그러다 덕구에게도 기회가 왔다. 감염자 수가 처음으로 세 자리 숫자를 찍던 날 덕구가 기침을 시작한 것이다. 학원은 공식적으로 쉬고 세준이와 실컷 놀러 다녔다. 마침 겨울방학도 시작된 터였다.

세준이는 한시도 가만히 있지 않고 싸돌아다녔다. 그러다 어떤 날은 좀비처럼 지하 피시방에 종일 처박혀 있었다.

덕구는 노는 것도 적성에 맞아야 한다는 것을 터득했다. 사방팔방 돌아다니는 것도, 한자리에 진득하니 붙어 있는 것도 덕구는 버거웠다. 무엇을 하든 늘 침대가 그리웠다. 누워서 뒹구는 게 최곤데 하면서.

감기를 핑계로 덕구는 집 밖으로 나가지 않았다. 대학병원 간호사인 엄마는 바이러스와 전쟁 중이고 출장 간 아빠는 중국에 발이 묶여 있었다. 집 안에 자유가 충만한데 나갈 이유가 없었다. 덕구는 침대 위에 누워 휴대전화를 조작하는 일 말고는 아무것도 안했다. 그러다 늘어지게 자면 되었다. 세준이가 연락해도 씹기 일쑤였다.

엊그제 저녁 무렵 세준이가 간만에 문자를 보냈다. 뜬금없이 영어학원 앞이라면서 수업 끝날 시간 아니냐고 물었다. 그때 덕구는 첫 끼로 컵라면을 먹고 있었다. 집이라고 대답하자 금요일에는 꼭 학원에 오라고 세준이가 못을 박았다. 덕구는 못마땅해서 아무 대꾸도 하지 않았다. 하지만 세준이가 보낸 마지막 문자를 읽고 덕구는 흠칫했다. '백지윤 너희 학원 다니더라. 음흉한 새끼, 왜 말 안했어.' 덕구는 답하지 못했고 세준이도 그 문자로 끝이었다. 조금 전 학원에서 만나자는 문자를 보낼 때까지는.

오늘이 금요일인 모양이었다. 덕구는 세준에게 답 문자를 보냈다.

—8시에 끝나.

시간을 보니 서두르지 않으면 학원에 늦을 판이었다. 덕구는 다리를 쭉 펴고 두 팔을 머리 위로 올려 한껏 기지개를 켰다.

물컹, 무언가가 허벅지 안쪽에 닿았다. 아까부터 근질근질하던 바로 그곳이었다.

덕구는 정지화면처럼 동작을 멈췄다. 말캉한 무언가가 트렁크 팬티 끝자락에서 허벅지에 살랑살랑 닿았다. 덕구는 천천히 몸을 일으켰다. 이불을 조심스럽게 걷고 가랑이 사이를 내려다보았다.

헉, 도마뱀!

엉덩이를 살짝 들어 얼른 몸을 뒤로 뺐다.

녀석이 고개를 들었다. 푸른 빛이 감도는 잿빛 눈동자가 번뜩. 몸통 길이만 족히 15센티가 넘을 도마뱀이 덕구를 향해 돌진하기 시작했다. 덕구는 침대 헤드가 등에 닿아 더는 물러날 곳이 없었다.

갈색 생명체는 덕구의 허벅지에 닿아서야 멈춰 섰다. 허벅지 안쪽 맨살에 옆구리를 찰싹 붙이고 자리를 잡는 녀석. 이제야 제자리를 찾았다는 듯 꼬리를 여유롭게 흔들었다.

덕구가 두 손으로 조심스럽게 도마뱀을 잡았다. 코앞까지 올려 녀석을 찬찬히 살펴보았다. 갈색 등에 암갈색 점이 불규칙하게 흩어져 있었다. 옆구리 양쪽으로 진한 밤색 줄무늬가 날렵하게 빠진 녀석이었다. 덕구가 엄지로 녀석의 배를 살살 문질렀다. 촉촉하고 보드레한 촉감이 예술이었다. 녀석도 기분이 좋은지 고개를 약간 기울인 채 덕구를 바라보았다. 카메라 렌즈 조리개가 열리듯 도마뱀의 세로 홍채가 점점 커졌다. 녀석은 눈꺼풀을 깜빡거리지도 않았다.

녀석의 눈동자를 바라보면서 덕구가 물었다.

"너 어디서 왔니?"

덕구는 도마뱀을 감싸 들고 침대에서 내려와 책상 쪽으로 갔다.

책상 옆에 놓인 삼단 서랍장 위, 투명 아크릴 통을 안을 들여다보았다. 레오파드 게코 도마뱀이 유목 위에서 눈알을 뛰룩거리고 있었다. 두 달 전 인터넷을 검색하다 발견한 애완 도마뱀이다. 샛노란 몸통에 등줄기를 타고 흐르는 짙은 주황색 줄무늬가 날렵한 녀석이 덕구는 마음에 쏙 들었다. 일 초도 고민하지 않고 바로 레오파드 게코 도마뱀을 분양받았다. 이름은 '게코'라 정했다.

화려한 색감 때문에 키우기 까다로울 것 같던 게코는 썰렁한 사육장에서도 적응을 잘했다. 덕구는 그런 게코가 기특해서 사육장 꾸미기 용품을 잔뜩 주문했다. 어제 택배를 받자마자 상자를 뜯었다. 유목과 작은 바위로 사육장을 단장해 주자 게코는 코코넛 은신처를 연신 들락거렸다. 새로 꾸민 집이 마음에 드는 것 같았다.

덕구는 손에 들고 있는 도마뱀을 내려다보았다. 몸피가 게코의 다섯 배는 되어 보였다. 국내 도마뱀 자료에서 비슷한 종류를 본 적이 있는데 토종이라고 하기에 녀석은 너무 컸다. 그렇다고 외래

종 같지도 않았다. 덕구는 인터넷을 검색해 보고 싶었지만 참았다. 우선 학원에 가야 했다. 빈 채집통을 찾아 갈색 도마뱀을 넣고 시간을 확인했다. 영락없이 지각이었다.

덕구는 허물 벗듯 트렁크 팬티를 벗으면서 화장실로 뛰어갔다. 화장실 문 앞에 수북이 쌓인 빨랫감을 보자 한숨이 나왔다. 혼자 지내면 퍽 좋을 줄만 알았다. 빨래하지 않으면 갈아입을 속옷이 없다는 건 생각도 못 했다.

노팬티로 나가야 하나, 덕구는 샤워하는 내내 신경이 쓰였다. 다행히 서랍장 구석에 삼각팬티 한 장이 남아 있었다. 백지윤이 다시 학원에 왔으니 얼른 가 보라는 하늘의 뜻이 분명했다.

오랜만에 간 학원은 버티기 힘들었다. 안 그래도 답답한 교실에서 마스크를 끼고 수업을 들으니 숨이 막혔다. 게다가 한 달 만에 컴백한 백지윤은 다른 반이 되어 있었다. 버틸 낙이 없어진 셈이었다. 세준이에게 빨리 오라는 문자를 보냈다.

첫 교시가 끝나고 덕구는 세준이와 합류했다. 세준이는 마치 자기가 다니는 학원인 양 앞장서서 옥상 휴게실로 올라갔다. 재수생 서너 명이 벤치에 앉아 노닥거리고 있었다.

모퉁이에서 담배를 피워 물더니 세준이가 덕구를 빤히 보면서 이기죽거렸다.

"성덕구, 집구석에서 맨날 뭐 했냐? 얼굴이 아주 반쪽이다. 작작 해라, 새끼야. 몸 상한다."

세준이가 어깨를 들썩이며 낄낄거렸다. 뜨끔했지만 덕구는 태연하게 대꾸했다.

"대가리에 야한 생각밖에 없는 새끼. 네 맘대로 생각해라."

"새끼가 아주 이름값을 해요. 그렇지, 성덕구?"

"맨날 똑같이 놀리는 거 지겹지도 않냐? 재미없다."

덕구가 심드렁한 반응을 보이자 세준이가 정색하며 말했다.

"아니면 말지, 왜 혀를 날름거리냐. 기분 나쁘게."

"미친놈, 뭐래?"

"아, 됐어."

마지막 담배 한 모금을 깊이 빨고 세준이가 담배꽁초를 운동화 발로 비볐다. 수업이 시작됐는지 옥상에는 덕구와 세준이만 남아 있었다.

세준이가 주위를 살피더니 덕구에게 아르바이트를 해 보겠냐고 물었다. 자기는 시작한 지 좀 됐는데 수입이 짭짤하다고 했다. 덕구가 아무 반응이 없자 세준이가 갑자기 버럭거렸다.

"게으른 새끼, 너 귀찮아서 그러지? 그럼 내가 바쁠 때만 좀 거들어라. 야, 그것도 못 해 주냐?"

가끔 일하고 비자금도 마련할 기회라……, 덕구도 구미가 당겼다.

"콜! 그런데 무슨 알반데?"

세준이는 한쪽 입꼬리를 올리며 미소 지었다. 바지 주머니에서 피젯스피너를 꺼내 여유롭게 돌리면서 세준이가 입을 실룩거렸다.

"아는 형이 사업을 하는데…… 하다 보면 차차 알게 돼."

세준이 손끝을 유심히 살피던 덕구가 언성을 높였다.

"야, 그거 내 스피너 아니냐? 그게 왜 네 주머니에서 나오냐?"

"이거 네 거야? 흐흐흐. 그러게 이게 왜 나한테 있냐. 자, 반납."

스피너를 건네받으면서 덕구는 아까부터 벼르고 있던 화제를 슬며시 꺼냈다.

"백지윤 말이야. 너한테 말하려고 했는데 걔가 학원을 그만뒀거든. 그리고 다시……."

"아아, 됐어. 뭘 설명하냐. 걔 때문에 코피 터진 건 중1 땐데."

백지윤 같은 여자애들은 널렸다면서 세준이가 콧방귀를 뀌었다. 그러고는 정보 업데이트 타임이라면서 신박한 야동 사이트 이름을 줄줄이 읊기 시작했다. 그쪽 방면으로는 선배처럼 구는 게 비위가 상하지만 덕구는 듣고만 있었다.

혼자 신나게 떠들다 말고 세준이가 덕구에게 두 번이나 지청구를 주었다. 혀 좀 날름대지 말라고 말이다. 덕구는 괜한 트집을 잡는 세준이에게 대거리하기도 귀찮았다. 곧 아르바이트 건수가 있을 테니 연락하겠다는 말을 남기고 세준이가 옥상에서 내려갔다.

벤치에 홀로 남은 덕구는 세준이의 말을 곱씹었다. 백지윤에게 관심 없다니 안심이었다. 하지만 백지윤이 별로라는 말은 아무리 생각해도 기분 나빴다. 이런 기분으로 무슨 공부를 하겠는가. 덕구는 집에 가기로 마음먹었다.

원손으로 스피너를 돌리면서 옥상에서 내려왔다. 오랜만에 잡아서 그런지 스피너 회전 속도가 시원찮았다. 덕구는 계단에 멈춰 서서 스피너를 고쳐 잡았다. 엄지와 중지 사이에 버튼을 단단히 잡고 검지를 빠르게 움직여서 날개를 회전시켰다. 서서히 예전의 감을 찾아 갈 때였다.

5층과 4층 계단참에 있는 여자 화장실 철문이 열리고 감색 후드 티를 입은 여학생이 나왔다. 그 여학생은 계단을 내려가 4층 영어 학원으로 들어갔다. 화장실 문이 세 뼘 정도 열려 있었다.

덕구는 계단에서 내려와 최면에 걸린 듯 여자 화장실 앞에 멈췄다. 주변을 둘러보았다. 아무도 없었다. 덕구는 여자 화장실 안을 흘끗 들여다보았다. 화장실에 사람이 없는 것 같았다. 머리를 기울여 안쪽을 기웃거리다가 덕구가 퍼뜩 정신이 들었다. 고개를 절레절레 저으면서 발걸음을 돌렸다. 뭔가가 발에 밟혔다. 분홍색 헝겊 지갑이었다.

덕구가 지갑을 주웠다. 원손 끝에서는 연신 스피너 날개가 팽글팽글 돌고 있었다.

안에 뭐가 들었기에 이렇게 폭신한 걸까?

지갑을 앞뒤로 살펴보다가 덕구가 스피너를 놓치고 말았다. 빠르게 회전하던 스피너가 핑 소리를 내며 여자 화장실 안으로 튕겨나갔다. 덕구는 두리번거려 사방을 살피고는 잽싸게 화장실 안으로 뛰어들었다.

창문 아래 떨어진 스피너를 주웠다. 급하게 줍느라 또 놓치고 말았다. 스피너가 타일 바닥에서 뱅그르르 돌면서 두 번째 칸 문틈으로 들어가 버렸다. 덕구는 문을 벌컥 열었다. 변기 옆구리에서 멈춘 스피너를 주웠다. 그러고는 후다닥 뛰어나왔다.

휴우, 덕구는 가슴을 쓸어내렸다. 지갑을 어떻게 처리해야 할지 몰랐다. 덕구는 계단 쇠 난간 위에 지갑을 슬쩍 올렸다. 손을 떼자 지갑이 미끄러져 바닥으로 떨어졌다. 다시 올려놓으려고 덕구가 지갑을 주워들었다.

바로 그때 와자한 소리와 함께 영어학원 문이 열렸다. 여자아이들 서너 명이 순식간에 계단을 뛰어 올라왔다. 화장실 앞에 가장 먼저 도착한 사람은 후드티를 입은 여학생이었다. 엉거주춤하게 서 있는 덕구를 보고 후드티가 성난 듯 소리쳤다.

"야, 너 뭐야!"

후드티가 덕구에게서 낚아채듯 지갑을 빼앗았다. 그 옆에 백지윤이 서 있었다. 지갑을 움켜쥐고 후드티가 덕구를 노려봤다. 덕구를 바라보는 백지윤의 표정, 뭔가 대단히 잘못되었다는 느낌.

덕구는 허둥거리며 계단을 내려왔다. 등 뒤에서 날카로운 목소리가 화살처럼 날아와 덕구의 뒤통수를 강타했다.

"아악, 저 변태 새끼!"

덕구는 지하철역을 향해 뛰었다. 지하철에 올라타고 나서야 덕구는 참았던 숨을 몰아쉬었다. 마스크 안으로 뜨거운 입김을 내뿜으면서 덕구가 고개를 떨궜다. 사람들이 이상한 눈으로 쳐다보는 것만 같았다.

아까부터 휴대전화가 계속 울려 댔다. 덕구는 전화 받기가 겁났다. 백 프로 영어학원 원장이 걸었을 것이다.

진동음이 매트리스를 타고 덕구의 심장을 쿡쿡 쑤셔 댔다. 머릿속이 하얘져서 아무 생각도 나지 않았다. 덕구는 침대에 누운 채 천장만 올려다봤다. 전등 한쪽 불이 나간 게 눈에 들어왔다. 벽지에 남은 갈색 물 얼룩으로 시선을 옮기면서 덕구는 똑같은 멘트를 반복했다.

"좆 됐다……."

이번에는 문자메시지가 오는 소리가 들렸다.

한참을 망설이다 문자를 확인했다.

안도의 한숨. 학원이 아니었다.

도마뱀을 사랑하는 모임, 도사모 카페에서 보낸 문자였다. 계속 전화를 걸었던 사람도 카페지기 마뱀킹이었다. 마뱀킹은 온라인 파충류 숍을 운영하고 있다. 어제 택배로 받은 레오파드 게코 도마뱀의 용품들도 마뱀킹 숍에서 구입한 것들이었다.

덕구는 문자를 읽다가 침대에서 벌떡 일어났다. 단체 공지가 아니라 마뱀킹이 개인적으로 보낸 문자였다. 며칠 전 사육장을 탈출

한 희귀 도마뱀을 찾고 있다는 내용이었다. 최근에 발송한 택배 상자 안을 잘 살펴봐 달라는 부탁과 함께 발견하면 즉시 연락 달라는 내용이었다. 뒤이어 도마뱀의 생김새를 묘사한 글이 첨부되어 있었다. 장문의 글은 묘한 여운을 남기는 문장으로 마무리되어 있었다.

'가능하면 손대지 마시오. 특히 눈 주의할 것. 가까이할수록 더 위험합니다.'

"뭐 하면 할수록 더 뭐 하다?"

덕구는 영어 시간에 자주 등장하는 'The 비교급, the 비교급' 구문이 떠올랐다. 시험에 나오니까 반드시 암기하라고 선생님마다 강조하던, 일명 더비더비.

덕구는 얼른 컴퓨터를 켰다. 도사모 카페는 다른 파충류 카페에는 없는 '마뱀킹 컨텐츠' 방이 있다. 도마뱀을 소재로 한 소설, 만화, 유머 등 기발한 창작 글이 업데이트되는 방이다.

분명 여기에 더비더비 구문을 떠올린 내용이 있었는데. 클릭클릭…….

찾았다. 다시 읽어 보니 도마뱀 요괴에 관한 옛이야기였다.

수일이점대: 어떤 공격에도 죽지 않고 불에 넣어도 버텨 낸다. 가까이할수록 몸뚱이가 커져서 감당할 수 없을 지경이 되면 주인은 정신이 쇠약해지고 얼굴빛도 파리해져 죽는다.

덕구는 얼른 채집통을 들여다봤다. 기다리고 있었다는 듯 밖을 응시하고 있는 녀석, 마뱀킹이 찾는 도마뱀과 특징이 같았다.

아까 배도 만지고 등도 쓰다듬었는데. 덕구는 희귀 도마뱀이 병이라도 났으면 어쩌나 걱정되었다. 도마뱀을 자세히 살펴보았다. 녀석이 덕구의 눈을 빠히 바라보았다. 눈에 염증도 없고 꼬리의 상태도 양호했다. 덕구는 채집통을 열고 도마뱀을 꺼냈다. 녀석이 활발하게 움직였다. 유달리 보드라운 감촉과 몸피도 아침과 똑같았다. 이상 없는 것을 확인한 뒤 덕구는 녀석을 손바닥에 올리고 등을 쓰다듬었다.

이 도마뱀이 수일이점대? 그 요괴 도마뱀은 죽지 않는다고 했으니까 혹시······.

녀석이 초롱초롱한 눈매로 덕구를 올려다보았다. 전설의 요괴 도마뱀을 손에 넣었다고 상상하니 기분이 묘했다. 덕구는 피식 웃음이 나왔다.

도마뱀을 채집통에 넣으면서 덕구가 다정하게 말했다.

"요괴든 아니든 네 이름은 더비더비다."

알아듣기라도 한 듯 더비더비가 덕구를 바라보며 혀를 날름거렸다. 더비더비 덕분에 덕구는 기분이 한결 가벼워졌다. 멈췄던 머릿속도 작동하기 시작했다.

"미쳤지, 여자 화장실은 왜 기웃거렸냐. 젠장 그 지갑은 또 왜 주웠고……. 하필 그때 수업이 끝날 건 또 뭐야. 백지윤이 나를 얼마나 이상한 놈으로 봤을까."

덕구는 중얼거리면서 먹이통에서 밀웜을 꺼내 게코와 더비더비에게 먹이로 주었다. 핀셋으로 귀뚜라미 한 마리를 꺼내 칼슘 영양제를 묻히면서 덕구가 침을 꼴깍 삼켰다. 그러고는 입맛을 다시면서 귀뚜라미를 입으로 가져갔다. 입술에 닿은 이물감에 깜짝 놀라 덕구는 핀셋을 떨어뜨리고 말았다.

배가 고파서 그러나 싶어 주방으로 향했다. 냉장고와 싱크대를 뒤졌지만 먹고 싶은 게 없었다. 눕고만 싶었다. 덕구는 방으로 돌아와 침대에 몸을 던졌다. 바지 주머니에서 휴대전화를 꺼냈다. 늘 하던 대로 휴대전화 화면에 코를 박고 동영상 목록을 검색했다. 제목을 차례차례 읽어 나갔다.

평범한 건 이제 지겨워…….

허공에 대고 발길질을 하면서 덕구가 잠에서 깼다. 지난밤도 늦게까지 야동을 보느라 잠을 설쳤다. 눈이 뻑뻑한 게 영 불편했다. 목 뒤부터 어깨까지 근육이 단단하게 뭉쳐 뻐근했다. 이런 생활을 하루 이틀 한 것도 아닌데 오늘따라 컨디션이 더 엉망이었다.

꿈자리도 심상치 않았다. 토막토막 떠오르는 장면들이 찝찝했다. 이제 안 봐야지 하면서도 침대에 누우면 덕구는 영상에 빠져들었다. 자극적인 장면들은 머릿속에 잔상을 남겨 꿈이 되었다. 날이

갈수록 꿈은 흉악해지고 잠에서 깨면 덕구는 죄책감이 들었다.

덕구는 화장실에 갔다. 거울에 상반신이 비쳤다. 눈이 빨갛게 충혈되어 있었다. 세면대에 몸을 붙이고 거울에 얼굴을 바짝 댔다. 손가락으로 눈꺼풀을 올렸더니 실핏줄이 잔뜩 터진 게 보였다. 흰 자위에 검붉은 거미줄이 쳐져 있던 만화 속 괴수의 눈동자 같았다.

복도바닥에 널린 빨랫감을 질겅질겅 밟고 덕구가 주방으로 갔다. 냉장고에서 안약을 꺼내 눈에 넣었다. 안구가 터질 듯이 욱신거렸다. 눈을 감은 채 더듬거려 식탁 의자에 앉았다. 뺨으로 안약이 흘러내렸다. 덕구는 엄마가 늘 하던 잔소리가 귓전에 들리는 것 같았다. 청색광에 망막이 손상되니 어두운 곳에서 휴대전화 화면을 보지 말라는 경고. 흘려듣지 말았어야 했다. 턱 밑에 맺힌 액체를 손등으로 훔쳤다. 마치 눈물을 닦아 낸 것처럼 덕구는 기분이 가라앉았다.

이 순간에도 휴대전화를 손에 쥐고 있는 자신이 한심했다. 잠에서 깨면 가장 먼저 들여다보는 것이 휴대전화 화면이고 잠드는 순간까지 눈을 떼지 못한다. 이 청색광이 없으면 똥도 못 싼다. 이 손바닥만 한 물건은 그야말로 요물이다. 그걸 알지만 절대 손에서 놓을 수가 없다.

웅, 웅―. 아빠에게서 전화가 왔다. 자기는 절대 없어서는 안 되는 물건이라는 사실을 확인시키듯 휴대전화가 아우성쳤다.

아빠가 특별기로 귀국했고 이 주일간 격리된 뒤에 집으로 올 수 있다고 했다. 엄마에게는 문자메시지로 알렸다고 말한 뒤 아빠가 전화를 끊었다.

덕구는 다시 휴대전화 화면에 코를 박았다. 학원에서 온 연락은 없었다. 하긴 애들이 원장한테 일렀으면 전화가 왔어도 열두 번은 더 왔을 터였다. 인터넷 기사도 검색했다. 사회적 거리 두기 단계가 상향 조정되어 모든 학원이 일제히 휴강한다는 기사.

덕구는 조금 안심이 되었다. 시간이 지나면 백지윤이 그 사건을 잊을지도 모른다. 아니, 안 잊을지도. 그럼 쪽팔려서 학원을 어떻게 다니나? 학원 끊으면 백지윤을 못 보는데, 모르는 척하고 그냥 다닐까. 두 갈래의 생각이 꼬리를 물며 평행선을 달렸다. 생각이 복잡해지자 덕구는 갑자기 다 귀찮아졌다. 기운도 없고 으슬으슬 추웠다.

그러고 보니 어제부터 먹은 게 없었다. 뭐라도 좀 먹어야 할 것 같았다. 덕구는 냉장고에서 남은 피자 한 조각을 꺼내 한 입 베어 물었다. 피자 빵이 부서진 합판 모서리처럼 입 안을 찔렀다. 씹을 수도 삼킬 수도 없었다. 덕구는 입에 든 음식을 개수대에 뱉었다. 미뢰 하나하나가 솟아올라 혓바닥이 사포처럼 까끌까끌했다.

물 한 컵을 목구멍에 흘려 넣고 덕구는 거실 소파에 비스듬히 앉았다. TV 예능 프로그램을 켜 놓고 반쯤 졸았다. 그러다 휴대전화를 들여다보았다. 금방 연락한다던 세준이는 감감무소식이었다. 리모컨으로 수십 개의 채널을 돌리다가 TV를 껐다.

덕구는 비칠비칠 방으로 가 침대에 누웠다. 눕기 전에 채집통에서 더비더비를 꺼냈다.

역시 가장 편한 곳. 덕구는 극세사 이불을 침대 구석으로 밀고 상체를 기대어 앉았다. 말캉하고 보드라운 녀석은 밖으로 나오자 덕구의 손에서 어깨로 배를 가로질러 허벅지로 온몸을 누비고 다녔다. 덕구는 휴대전화를 뒤적거렸다. 어느새 손끝은 야동 제목을 터치하고 있었다.

딱 하나만 보고 그만 봐야지…….

그렇게 다음 날 동이 틀 때까지 덕구는 동영상을 탐닉하다 잠이 들었다.

영어학원은 이제 못 다닌다. 그럴 수밖에 없다. 사회적 거리 두기 때문이 아니다. 화장실 사건이 문제가 된 것도 아니다. 거울 속에 비친 자신의 모습을 보고 덕구가 내린 결론이었다.

오후 세 시가 넘어서 잠이 깬 덕구는 지난밤에 또 야동을 본 자신을 자책했다. 어째서 침대에 눕기만 하면, 그리고 휴대전화를 잡기만 하면 그놈의 것을 보게 되는지 모를 일이었다. 아빠 말대로 자신은 의지박약인 것 같았다.

의지도 없고 음란한 꿈에 시달려 절어 있어도 덕구가 빼먹지 않고 하는 일이 있다. 이틀에 한 번씩 사육장을 청소하고 도마뱀에게 먹이를 주는 일이다.

덕구는 무거운 몸을 일으켜 게코의 공간을 정리하고 밀웜을 주었다. 다음으로 채집통을 열었다. 더비더비가 어딘가 달라 보였다. 아픈 것 같지는 않았다. 몸피가 좀 커진 것도 같고 눈동자의 푸른 기가 더 짙어진 듯도 했다. 덕구는 녀석이 탈피할 때가 되었나 보다 생각했다.

덕구는 일을 끝내고 손 씻으러 화장실에 들어갔다. 거울을 보고 기절할 뻔했다. 안구가 괴이할 정도로 툭 튀어나와 있었다. 눈을 껌벅거릴 때마다 양쪽 검은 동자가 따로 놀았다. 파충류 껍질처럼 우툴두툴 두꺼워진 눈꺼풀은 징그러워서 손을 댈 수도 없었다.

덕구는 놀라서 말이 안 나왔다. 탄식만 나올 뿐이었다. 그런데 한숨을 품어내는 입에서 가늘고 긴 혀가 날름 나오는 게 아닌가.

끝이 두 갈래로 갈라진 채로. 날름날름.

이건 악몽이야. 덕구는 자신의 뺨을 찰싹 때렸다. 꿈이 아니었다.

화장실 거울이 잘못된 것일 수도 있다. 덕구는 허둥거리면서 안방으로 달려갔다. 화장대 거울 앞에 섰다. 소용없었다.

왜 이러지? 내가 왜 도마뱀처럼……

덕구는 방으로 뛰어가 더비더비가 든 채집통을 창가로 옮겼다. 밝은 곳에서 자세히 살펴봐야 했다.

더비더비는 오늘도 먹이를 먹지 않았다. 녀석은 뭔가를 먹은 적이 없었다. 하지만 갈색은 더 짙어졌으며 피부는 기름을 바른 듯 좌르르 윤기가 돌았다. 탈피도 하지 않았는데 녀석은 부쩍 성장해 있었다. 어제보다 더 또렷해진 눈망울로 더비더비가 덕구의 눈을 응시했다.

덕구는 이제야 알 것 같았다. 마뱀킹은 희귀 도마뱀이 위험하다고 경고했다. 하지만 위험해지는 대상이 도마뱀이 아니었다. 가까이하는 사람이었다. 눈을 보지 말고 만지지도 말아야 했다. 그런데 덕구는 그 두 가지를 다 한 것이다.

덕구는 엉금엉금 기어서 침대에 몸을 기댔다. 국어 시간에 카프카의 〈변신〉이라는 작품에 대해 들은 적이 있다. 하루아침에 흉측한 벌레로 변한 주인공의 비극적인 이야기. 덕구는 자신도 그렇게될지 모른다는 생각이 들었다.

겁이 났다. 흉하게 변한 아들의 모습을 보고 엄마 아빠가 뭐라고할까? 완전히 도마뱀처럼 변해 버리면 내다 버릴까? 아들이니 내쫓지는 않을지도 모른다. 그러면 카프카의 주인공처럼 좁은 방구석에서 외롭게 죽어가겠지. 덕구는 온갖 비관적인 생각으로 머릿속이 터질 것 같았다.

우웅, 영어학원에서 안내 문자가 왔다. 오늘부터 정상수업을 한다는 내용이었다. 영어는 무슨 소용이고 학원은 가서 뭣 하겠는가. 덕구는 이제 다니고 싶어도 학교고 학원이고 다닐 수가 없게 됐다.

"젠장…… 다 끝났어."

앞이 캄캄했다. 울고 싶은데 눈물도 나오지 않았다. 머리를 쥐어뜯었다. 혼자 죽어갈 걸 생각하니 가슴이 미어졌다.

그러다 문득, 학원에 가서 교재를 찾아와야겠다는 생각이 들었다. 그 교재 안에 소중한 것이 있기 때문이었다. 더 흉하게 변하기 전에 챙겨 와야 한다. 덕구는 마음이 급해졌다. 서두르면 학생들 등원 시간 전에 다녀올 수 있을 것 같았다.

덕구는 외출 준비를 했다. 셔츠의 깃을 올려 목과 얼굴을 가린 뒤 야구 모자를 눌러썼다. 감염병 덕분에 전 국민이 마스크를 쓰고 다니니까 덕구가 마스크를 두 개 겹쳐 쓴다고 해도 이상하게 볼 사람은 없었다.

덕구는 학원에 간 김에 마지막으로 백지윤을 보고 싶다는 충동이 일었다. 멀리서 딱 한 번만 말이다. 하지만 훔쳐보는 건 사랑이 아니다. 더구나 이런 몰골로. 그러니 더욱 서둘러야 했다. 백지윤이 오기 전에 학원을 나와야 하니까.

집 밖으로 나오니 덕구는 현기증이 났다. 먹은 게 없어서 그런지 메스껍고 토할 것 같았다. 그뿐이 아니었다. 속이 비면 헛것이 보인다더니 덕구 눈에 자꾸 허상이 보였다. 실오라기 하나 걸치지 않은 사람들이 보이는 것이다. 나체로 거리를 활보하는 남자, 다 벗은 채 버스에서 내리는 여자 그리고 벌거숭이인 채 지하도 계단을 오르는 사람들…….

덕구는 이 상황이 상식적으로 말이 안 된다는 것을 알고 있었다. 눈이 하는 짓이었다. 덕구의 눈은 모양만 변한 게 아니었다. 허구한 날 본 포르노의 잔상을 현실에 투영하고 있었다. 눈을 감았다

떠도 벗은 몸이 어른거렸고 실눈을 뜨면 더 많은 알몸이 등장했다. 덕구는 사람들을 똑바로 볼 수 없었다. 죄인처럼 바닥만 보고 걸어야 했다.

학원 복도 책꽂이에서 책을 챙긴 뒤 덕구가 재빨리 돌아서서 출입문을 향해 뛰듯 걸었다.

"덕구야, 어디 가니?"

등 뒤에서 독해 선생님의 목소리가 들렸다. 못 들은 척하고 덕구가 허둥허둥 문을 향해 돌진했다. 걸어도 걸어도 닿지 못할 것처럼 출입문이 저 멀리 있었다.

"성덕구! 금방 수업 시작할 건데. 도망가는 거 아니지?"

못 들었다. 절대로 아무것도 안 들렸다. 다리야, 힘 좀 내라, 제발.

마침내 덕구가 강화 유리문 앞에 도달했다. 문고리를 향해 손을 뻗은 순간, 선생님이 덥석 덕구의 어깨를 잡았다. 목을 잔뜩 움츠리고 돌아보니 복도 저편 교무실 앞에서 원장이 이리 오라는 손짓을 했다. 머릿속에서는 빨리 튀라고 메아리치는데 덕구 몸은 얼어붙어 버렸다.

그때 유리문이 열리고 경찰관 두 명이 학원으로 들어왔다. 경찰관들은 원장실로 갔고 덕구는 꼼짝없이 잡혀서 교실로 들어갔다. 무슨 일인지 선생님들이 교무실과 원장실을 들락날락했다.

덕구는 슬그머니 복도로 나갔다. 분노에 찬 목소리가 교무실에서 터져 나왔다.

"아, 미치겠네. 우리 중에 그 화장실 안 간 사람이 어딨어요."

"내가 이런 일을 당할 줄이야……. 맨날 드나들면서 왜 그걸 못 봤지?"

"몰카 설치하는 놈들은 귀신같이 숨겨 놓는다잖아요."

몰카? 덕구는 흠칫 뒷걸음질을 쳤다. 말로만 듣던 그 몰카가 학원 화장실에도 있었다니 덕구도 놀라웠다.

선생님들은 당장이라도 몰카범을 잡으러 나갈 듯 이를 갈며 성토했다.

"그 새끼, 잡히면 내 손에 죽었어."

"잡혔다잖아요. 그래서 경찰이 우리 학원 학생인지 확인하러 온 거래요."

"그럼 범인이 학생이래요?"

"이름이 오세준인가 그렇던데. 우리 학원 학생은 아닌 거 같아요."

오세준? 내 친구 세준이?

교무실 옆 자습실에서 여학생 서너 명이 몰려나오다 덕구와 딱 마주쳤다. 덕구는 얼른 외면하고 출입구 쪽으로 주춤거리며 발걸음을 옮겼다. 여학생들이 교무실 문을 열고 언성을 높였다.

"선생님, 우리 이제 어떡해요. 4층 여자 화장실이 우리 학원 전용이라면서요!"

"그놈 우리가 처리하게 해주면 안 돼요?"

여자들의 아우성 속에서 낮은 목소리 하나가 덕구의 귀에 꽂혔다.

"얘들아, 쟤 말이야. 저번에 화장실 그 변태, 맞지?"

도망쳤다. 덕구는 발바닥이 땅에 닿는 느낌도 없었다.

학원 건물을 빠져나오자 저만치에서 백지윤이 걸어오는 게 보였다. 덕구는 반대 방향으로 달렸다. 두 블록도 채 뛰지 않았는데 하늘이 노랗고 건물들이 파도처럼 일렁였다.

덕구는 털레털레 걷다가 스포츠 매장 쇼윈도 앞에서 우뚝 멈췄다. 유리에 비친 자신의 모습을 한참 바라보았다. 알몸뚱이로 거리에 서 있는 성덕구를.

덕구는 집에 오자마자 연거푸 물을 들이켰다. 배 속은 허기가 드는데 음식을 먹을 수 없으니 물배라도 채워야 했다. 개수대는 설거지할 그릇이 그득하고 싱크대 위에는 음식 찌꺼기가 말라붙은 일회용 그릇들이 쌓여 있었다.

덕구는 침대로 기어 올라가 몸을 웅크리고 누웠다.

세준이는 왜 그런 짓을 했을까? 혹시 그게 아르바이트였나? 미친놈, 그러면 나한테도 그 일을 하자고 한 거야? 개새끼.

세준이 욕을 하면서 덕구는 마음 한구석이 무거웠다. 자신이 세준이의 잘못을 따질 자격이 있나 하는 생각이 든 것이다.

"괴물 주제에……."

엄마가 보고 싶었다. 방호복을 입고 병원에서 고군분투하는 엄마의 모습을 떠올리니 코끝이 찡했다. 엄마가 빨리 집에 왔으면 좋겠다.

덕구가 휴대전화로 기사를 검색했다. 바이러스 확산 상황이 좋지 않았다. 이래서야 엄마가 언제쯤 집에 올 수 있을지. 기사를 읽으면서 덕구는 연신 한숨을 쉬었다.

그런데 감염병보다 더 핫한 뉴스가 있었다. 불법 성 사이트를 적발했다는, 검거된 운영자 중에는 고등학생도 있다는 기사였다.

덕구는 퍼뜩 화장실 장면이 떠올랐다. 피젯스피너를 가지러 들어갔던 4층 여자 화장실.

"그 화장실에 몰카가 있었다고? 그럼 나도 찍혔잖아. 아아, 씨발!"

덕구는 휴대전화를 집어 던졌다.

"오세준, 미친 새끼! 하필 왜 우리 학원이냐고! 젠장 어떡하지……."

화장실 문을 활짝 열고 서 있는 전신 샷, 변기 앞에서 스피너를 찾는 얼굴 클로즈업, 허리를 숙여 화장실 구석에서 뭔가를 줍는 이상한 행동 줌 인. 몰카에 담겼을 자신의 영상이 어지럽게 떠올랐다. 누군가 그걸 보고 킬킬댈 것을 생각하니 덕구는 치가 떨렸다. 학원 화장실과 몰카에 관한 생각은 머릿속에서 영역을 점차 넓혀

갔다.

영어학원 여자들은 모조리 찍혔다는 거네……. 그럼 백지윤까지?

아아, 그 영상을 나 같은 놈들이 벌써 다 봤을지도 모르는 거잖아. 덕구가 자리에서 벌떡 일어났다.

"아— 안 돼!!"

그런 일은 절대 있어서는 안 되는 거였다. 백지윤은 덕구의 첫사랑이다. 초등학교 때부터 좋아했지만 내색 한번 못 했다. 중1 때 세준이와 박 터지게 싸운 것도 백지윤을 지켜 주고 싶어서였다. 열 번 찍어서 안 넘어가는 나무 없다면서 세준이가 백지윤에게 집적거리는 것을 덕구는 참을 수가 없었다.

괴물 같은 모습으로 위험을 무릅쓰고 학원을 다녀온 것도 백지윤 때문이었다. 그 교재 속에는 백지윤이 준 쪽지가 들어 있다. 지난 밸런타인데이 때 백지윤이 준 초콜릿에 붙어 있던 분홍색 하트 포스트잇. 골방에서 외롭게 죽더라도 '성덕구에게'라고 또박또박 눌러쓴 백지윤의 흔적을 품에 간직하고 싶었다.

덕구는 속이 뒤집혀 화장실로 뛰어갔다. 누런 위액이 나올 때까지 토했다. 토사물과 함께 눈물 콧물을 쏟으면서 덕구는 수치스러움에 몸을 떨었다.

성덕구, 쓰레기 같은 새끼.

덕구는 동영상 속의 인물들도 소중한 사람이라는 생각을 해 본 적이 없었다.

그들도 누군가에게 가족이고 또 누군가에게는 사랑하는 사람들인데…….

아무 생각 없이 보기 시작했고 습관이 되더니 중독이 돼 버렸다. 몰카에 자신이 찍히고 나서야 그게 잘못된 일이라는 것을 알다니, 쓰레기. 세준이보다 눈곱만큼도 나을 게 없는 폐기물. 덕구는 부끄러워서 미칠 것 같았다.

덕구는 휴대전화에서 성인물 관련 자료를 모두 지웠다. 초등학교 졸업 앨범에서 찍어 저장한 백지윤의 사진도 삭제했다. 이제 백지윤을 짝사랑할 자격도 없기 때문이었다. 울컥 목이 멨다. 덕구는 이불에 얼굴을 묻었다.

잠시 뒤, 덕구가 부스스 일어나 마뱀킹에게 문자를 보냈다. 바로 답 문자가 왔다.

덕구는 더비더비가 든 채집통을 아예 현관 앞에 내다 놓았다.

거울을 수도 없이 봤다. 볼 때마다 좌절감이 배가 되었다.

덕구는 집 안을 어슬렁거리면서 생각을 정리했다. 불안한 눈빛이 마구 흔들렸다. 생각하고 또 생각해도 똑같은 결론.

이 꼴로는 살 수 없다.

수북이 쌓인 빨래와 너저분한 부엌이 눈에 들어왔다. 바이러스가 퍼지듯 구석구석 엉망이 되어 버린 집 안. 덕구가 휘젓고 다닌 흔적이었다. 비록 자신은 쓰레기 같은 괴물이지만 부모님의 집을 더럽힌 채 떠날 수는 없었다.

덕구는 소매를 걷었다. 시체처럼 널려 있는 옷가지를 모아 세탁기에 넣고 빨래를 시작했다. 침대 위 제멋대로 엉켜 있는 겨울 이불을 걷어 내고 붙박이장에서 깔끔한 간절기 침구를 꺼냈다. 엄마가 하던 대로 침대 시트를 교체하고 노란 꽃무늬가 있는 차렵이불을 펼쳐 침대 모서리와 각을 맞췄다.

마뱀킹이 집 앞에 도착했다는 연락이 왔다.

덕구는 서둘러 마스크를 끼고 모자를 눌러쓰면서 현관문을 열었다. 챙이 넓은 등산 모자를 쓴 남자가 커다란 선글라스를 낀 채 문 앞에 서 있었다. 검은색 마스크까지 한 상태여서 거의 복면을 쓴 수준이었다. 마뱀킹의 파충류 숍은 온라인 거래만 하기 때문에 어차피 얼굴을 봐도 덕구가 알아볼 수는 없었다.

덕구가 도마뱀이 든 채집통을 건넸다. 받을 생각은 하지 않고 남자가 덕구를 빤히 내려다보았다. 색안경 너머로 아몬드 모양의 큰 눈이 끔뻑거렸다.

한 손으로 선글라스를 내리고 남자가 덕구의 얼굴을 훑어보면서 웅얼거렸다.

"에헤, 학생은 어디에 정신이 팔렸나, 게임? 도박?"

덕구는 무슨 말인지 잘 알아듣지 못했다. 남자는 덕구의 반응 따위는 관심도 없다는 듯 이어서 말했다.

"경고했잖아. 가까이하지 말라고, 쯧쯧."

채집통을 들고 있던 손을 내리고 덕구가 신경질적으로 되물었다.

"네? 뭐라고요?"

남자는 채집통 쪽으로 손을 내밀면서 느물거렸다.

"선수끼리 모르는 척하긴. 요 녀석이 너희 집에 숨어든 게 우연이라고 생각하니? 아니지. 이 요물은 우리 같은 인간들을 귀신같이 찾아낸다니까. 꼴을 보니 너도 기 좀 빨렸구먼."

은밀한 비밀을 들킨 것처럼 덕구는 가슴이 벌렁거렸다. 빨리 이 상황을 피하고 싶어서 덕구가 채집통을 앞으로 쭉 내밀었다. 채집통 손잡이로 손을 뻗으면서 남자가 인심 쓰듯 말했다.

"그렇게 세상 하직할 것 같은 표정 지을 거 없다. 시간이 좀 걸려서 그렇지, 예전으로 돌아갈 방법이 없는 건 아니거든."

돌아갈 방법이라는 말에 덕구가 고개를 번쩍 들었다. 그런데 남자의 얼굴에서 눈을 뗄 수가 없었다. 모자챙 아래로 드러난 남자의 눈동자는 홍채가 세로로 긴 도마뱀의 눈이었다. 마스크 위로 보이는 피부도 우툴두툴 두꺼운 각질층이 켜켜이 붙어 있었다.

채집통을 건네받으면서 남자가 계속 떠들어 댔다.

"너 정신 팔려 있는 거 있지? 톡 까놓고 말해서 중독된 거 말이야. 그거 끊으면 괜찮아진다고, 알겠냐?"

남자는 덕구가 자신을 보느라 얼이 빠져 있는 것을 눈치채고 웃음이 터졌다. 타이어 바람이 빠지는 듯한 기괴한 소리였다. 남자가 하얀 면장갑을 낀 손을 흔들어 작별 인사를 했다.

엘리베이터 쪽으로 몸을 반쯤 돌리고 남자가 한마디를 더 했다.

"그런데 중독이라는 게 말이야, 웬만해서는 못 끊겠더라고. 그럼 내 꼴 나는 거야. 뭐 마뱀킹으로 사는 것도 그럭저럭 살아지기는 하니까, 각자 선택해서 살자."

남자를 태운 엘리베이터 문이 닫혔다.

덕구는 문을 닫고 현관에 우뚝 서 있었다.

센서 등이 꺼졌다.

하이글로시 하얀 신발장 문에 덕구의 모습이 흐릿하게 비쳤다.

꼴찌를 탈출하라 _ 장혜영

8점. 병수는 국어 시험에서 8점을 받고 충격에 빠졌다. 17년을 살아오면서 한 자릿수 점수를 맞은 건 이번이 처음이었다. 종료 시간 5분 전에 카드를 교체해 가며 고친다는 게 답을 밀려 적고 말았다. 후회로 눈물이 찔끔 새어 나왔다.

차라리 카드를 바꾸지 않았더라면⋯⋯.

8점이란 점수가 병수의 신경세포를 마구 긁어 댔다. 담임에게 사정을 말해 보았지만 안타깝다는 말만 되돌아왔다. 어느새 병수 이야기가 삽시간에 돌았다. 몇몇 애들이 동정 어린 눈으로 병수를 흘낏거렸다. 국어 내신은 보나 마나 9등급이다. 말 그대로 꼴찌나 다름없었다. 병수는 쪽팔리는 등급에 숨이 막혔다. 친구들 앞에서 고개를 들 수가 없었다. 좋은 성적은 아니지만 적어도 5등급은 맞았었다. 말도 안 돼. 이건……

국어를 맡은 담임은 18점을 맞은 찐빵을 대놓고 칭찬했다. 점수에 민감한 아이들도 녀석에게 축하의 말을 건넸다. 찐빵은 1학기 중간 지필고사에서 그 어렵다는 빵점을 맞았다. 그야말로 답 사이로 비켜 나가는 신공을 발휘한 것이다. 그때부터 성에서 따온 진과 빵점에 빵을 붙여 찐빵이란 별명이 붙었다. 진희민. 이게 찐빵의 본명이다. 주요 과목에서 최하 등급을 맞았지만 사실 녀석은 매시간 모범생처럼 얌전히 자리에 앉아 책만 들여다보았다. 입학 초에는 우등생으로 오해를 받을 정도였다.

오늘은 야자 없이 일찍 끝났다. 병수는 느럭느럭 교문을 빠져나갔다. 가을바람이 불어와 등골이 쌀랑했다. 그때 저만치 앞서가는 미오가 보였다. 이번에도 1등은 서미오였다. 미오는 고등학교 입학 후 한 번도 1등을 놓친 적이 없었다. 우월한 외모와 완벽한 신체 비율, 거기에 우수한 성적까지. 늘 이어폰을 끼고 있는 모습 자체가 여신이었다. 병수는 남몰래 미오를 좋아했다. 공개적으로 좋아하는 녀석들도 많지만 병수는 대놓고 티를 내고 싶진 않았다.

입학 첫날, 병수는 미오를 본 순간 심장이 쿵 떨어졌다. 드라마에서나 연출되는 것처럼 첫눈에 홀딱 반한 것이다. 누군가 대놓고 지껄이는 바람에 산통이 깨져 버렸지만.

"우와, 여신이랑 같은 반이 되다니! 짝꿍까지 되면 환상이다!"

눈살을 찌푸린 병수가 고개를 돌렸을 때 큰 키에 퉁퉁한 녀석이

해벌쭉 웃고 있었다. 한눈에 봐도 덜떨어져 보이는 녀석이었다. 그 순간 병수는 녀석처럼 떠벌리지는 말아야겠다고 뇌까렸다. 하지만 그것도 얼마 안 가 끝나 버렸다.

"너도냐? 크크크."

무심결에 넋을 놓고 쳐다본 모양이었다. 녀석이 네 맘 다 안다는 말투로 병수를 빤히 쳐다보았다. 그 녀석이 바로 찐빵이었다.

미오가 코앞에서 걸어갔지만 병수는 전처럼 설레지 않았다. 1등 앞이라 그런지 자신의 점수가 더욱 쪽팔렸다. 근처에만 가도 두근 대던 마음도 사그라들었다. 문구점 앞을 지나는데 앞서 걷던 미오가 이어폰을 떨어뜨렸다. 병수는 어찌해야 할지 몰라 숨죽인 채 침만 꼴깍 삼켰다. 여신은 떨어뜨린 사실을 모르는지 그냥 지나치고 있었다. 병수가 허리를 구부려 이어폰을 주우려 할 때였다.

"야, 꼴찌, 뭐 줍냐?"

찐빵이 꺼드럭거리며 지나갔다. 병수는 꼴찌란 말이 몹시 거슬렸다. 알약이 목에 콱 걸린 기분이었다. 당장 쫓아가 따질까 하다가 고개를 가로저었다. 미오 앞에서 괜한 소동을 피우고 싶지 않았다.

병수가 미오에게 다가가 이어폰을 건넸다. 미오가 보일락 말락 옅은 웃음을 지으며 말했다.

"어머, 고마워……."

"아냐……."

병수는 속마음과는 달리 시큰둥하게 대답하고 말았다. 미오가 씩 웃더니 가 버렸다. 병수는 멀어지는 미오의 뒷모습을 멀뚱히 바라보았다. 어휴, 등신. 이런 좋은 기회를 날려 버리다니. 병수는 자신의 머리를 쥐어박고 싶었다. 대체 잘하는 게 뭐냐. 미오하고 제대로 이야기를 나누지 못한 게 못내 아쉬웠다.

마침 휴대폰이 울렸다. 서미오였다! 병수는 진작에 미오의 번호를 수소문해 저장해 두었다. 근데 미오가 어떻게 번호를 알았지? 하지만 그런 건 중요하지 않았다. 미오가 연락한 것 말고 뭐가 중요한가. 병수 얼굴이 환해졌다.

미오에게서 짧은 글과 링크된 파일이 동시에 날아왔다.

—들어 볼래?ㅎ

병수는 가방을 뒤적거려 이어폰을 꺼냈다. 가슴이 콩닥거리고 콧구멍도 벌름거렸다. 설마 사귀자는 메시지라도 보낸 건가. 혹시 달콤한 노래? 아니면 영화? 유튜브 동영상? 도대체 뭘까? 병수는 귀에 꽂기 전까지 즐거운 상상에 비명을 내질렀다. 병수가 이어폰을 꽂고 파일을 링크한 순간,

찌지지지직. 찌지지지직.

파일에선 잡음도 아니고 뭔가 규칙적으로 지직거리는 소리가 들려왔다. 뭐지? 정신 집중에 좋은 파장이 나온다는 엠씨스퀘어 같은 건가? 병수는 눈을 껌벅이며 혹시라도 다른 소리가 나올까 싶어 한참 동안 귀를 기울였다. 멍하니 파일을 듣던 병수 양 볼이 어느새

벌게졌다. 머리가 고요해지더니 한 가지 생각만 떠올랐다. 그것은 분노였다. 병수는 바드득 이를 갈며 자신을 무시한 찐빵에게 욕설을 날렸다. 성적에 대한 욕망이 꿈틀대며 누구라도 제치고 말겠다는 생각이 머릿속 가득 차올랐다.

병수가 학교 앞 버스 정류장을 지날 때, 편의점에서 아이들이 쏟아져 나왔다. 찐빵이 아이스크림을 쪽쪽 빨고 있었다.

"쪼다 새끼, 네가 날 꼴찌라고 놀려? 너, 딱 걸렸어!"

병수는 찐빵이 좀 전에 한 말이 떠올라 열이 뻗쳤다. 우선 제쳐야 할 놈은 찐빵이었다. 병수는 멀어지는 찐빵을 야멸스레 노려보았다.

집에 온 병수는 힘이 쭉 빠졌다. 현관에 들어서자, 엄마가 통화를 하며 거실을 서성거리고 있었다. 부동산을 하는 엄마는 아파트 청약 상담을 하느라 바쁜 와중에도 병수를 보자마자 다그쳤다.

"성적은 어떻게 됐니? 이번에 등급이 좀 올라간 거야?"

"아, 아직 안 나왔어요."

병수는 거짓말로 둘러댔다. 엄마가 미간을 잔뜩 찌푸리며 중얼거렸다.

"성적 나올 때가 된 거 같은데⋯⋯, 대체 언제 나온다니?"

병수는 엄마의 말을 못 들은 척하고 방으로 쓱 들어갔다. 그나마 다행인 건 성적이 공식적으로 나오지 않아 엄마의 닦달을 잠시라도 피할 수 있는 거였다. 병수는 책상에 앉아 이어폰을 다시 꺼냈다. 미오가 보낸 파일은 묘하게 끄는 힘이 있었다. 한 놈이라도 밟고 올라서고 싶은 오기가 뻗쳐서인지 정신 집중이 아주 잘됐다. 병수는 자기 전에도 녹음 파일을 들으며 잠이 들었다.

다음 날. 병수는 파일 덕분인지 왠지 공부가 잘되는 기분이었다. 하지만 옆에 앉은 반장이 열심히 끄적거릴 때마다 짜증이 났다. 반장은 문제를 푸는 틈틈이 머리가 맑아진다는 에너지 음료를 홀짝거렸다. 병수는 그런 반장 모습이 가소로웠다.

점심시간. 병수는 느릿느릿 급식실에 갔다. 식판을 들고 자리에 앉는데 건너편에 찐빵이 보였다. 병수는 어제의 분노가 다시 치밀어 올랐다. 입맛도 뚝 떨어졌다. 억지로 볶음밥을 욱여넣고 씹는데 비릿한 새우 맛에 입 안이 황사 먼지를 뒤집어쓴 것처럼 까끌거렸다. 결국 몇 숟가락 뜨다 말고 수저를 내려놓았다.

5교시가 끝난 후 병수는 위에 구멍이 난 것처럼 허기가 몰려왔다. 매점으로 달려갔지만 빵은 이미 품절이었다. 학교 앞 슈퍼까지 달려가서 버터 빵을 샀다. 하필 그때 종이 울렸다. 병수는 허겁지겁 교실로 들어갔다. 뜯지도 못한 빵을 책상에 집어넣었다.

지리 수업 후 화장실에 다녀온 병수는 책상 서랍에 손을 뻗었다. 헉, 그런데 빵이 없었다! 어찌 된 일인지 황당하기만 했다. 병수가 신경질적으로 내뱉었다.

"아, 씨, 어떤 새끼야! 내 빵 훔쳐 먹은 놈이?"

"뭔 소리야."

"아, 나도 빵 먹고 싶다!"

주변 아이들은 대체로 뚱한 반응이었다. 딱히 범인으로 보이는 애도 없었다. 그때 병수는 대각선 방향에서 찐빵이 무언가 감추는 것을 보았다. 버터 빵이 틀림없어 보였다. 병수가 이를 갈며 찐빵을 닦아세웠다.

"뭐야, 그거?"

"네 빵 아니야."

"뭔데 감추냐고!"

"진짜 아니라고!"

녀석은 필사적이었다. 하지만 병수도 만만치 않았다. 손을 뻗어 녀석이 뒤로 감춘 것을 낚아챘다. 순간 종이 찢어지는 소리가 났다. 병수가 손에 쥔 건 빵이 아니라 종이 쪼가리였다. 민망한 병수가 쓴웃음을 지었다. 찐빵이 대놓고 씩씩거렸다.

"아, 씨, 비법인데……."

병수는 비법이란 말에 솔깃했다. 자기가 모르는 뭔가를 찐빵이 아는 것만 같았다. 병수가 찐빵에게 다그치듯 물었다.

"비법?"

"알 거 없어……. 얼른 쪽지나 내놔."

병수는 쪽지를 돌려주고 싶지 않았다. 내친김에 반쪽짜리 쪽지를 들고 화장실로 뛰었다. 그러고는 문을 꼭 잠갔다. 뒤쫓아 온 찐빵이 거세게 문을 두드렸다.

쾅. 쾅. 쾅.

"내놔, 빨리! 문 안 열어?"

병수는 애써 못 들은 척 꿈쩍도 하지 않았다. 문이 부서질 것 같아 심장이 쪼여 왔지만 종이 울릴 때까지 끝까지 버텼다. 어느 순간, 밖에서 발길질을 하던 찐빵이 잠잠했다. 종소리에 단념하고 돌아간 모양이었다. 병수는 그제야 손에 쥔 쪽지를 들여다보았다.

서묘: 아주 특별한 쥐. 보통 쥐보다 쥐를 잡는 솜씨가 뛰어나며 고양이보다 쥐를 잘 잡는다. 이 쥐를 잡거나 가까이하면 똑

마지막 중요한 부분이 찢어져 있었다. 아, 씨! 병수 입에서 욕이 새어 나왔다. 전후 문맥으로 보아 똑똑해진다? 이런 내용 같았다. 병수는 무슨 내용인지 정확히 알고 싶었다. 그러려면 나머지 쪽지가 필요했다.

병수가 교실에 들어와 앉을 때 미오와 눈이 마주쳤다. 미오가 희미하게 미소 짓고 있었다. 이참에 미오와 친해질 수 있을지도 몰랐다. 병수가 배시시 웃었다. 다행히 찐빵은 더 이상 병수에게 들러붙지 않았다. 병수가 쪽지를 없애 버렸을 거라고 짐작한 모양이었다. 요새 녀석이 수상했다. 1학기 때처럼 헤벌쭉 웃던 푸근한 인상은 사라지고 뭔가 독기를 품은 듯 눈에 힘이 빡 들어갔다. 병수는 수업 시간 틈틈이 찐빵을 노려보았다. 녀석이 반쪽짜리 쪽지를 슬

쩍 보더니 교복 바지에 집어넣고 있었다. 병수가 의미심장한 눈빛으로 입을 배쭉거렸다.

마지막 수업은 체육이었다. 병수는 평소보다 뭉그적거리며 애들이 모두 빠져나가길 기다렸다. 한 사람도 빠짐없이 교실을 나가자 고개를 빼고 복도를 내다보았다. 긴 복도 끝 유리창에 햇빛만 어슴푸레 내비쳤다. 병수가 등 돌리려는 찰나 거대한 그림자가 복도에 어룽거렸다. 일순간 먹구름이 낀 것처럼 어두워졌다. 병수는 눈을 씀벅거렸다. 뭐지? 그때 여자 화장실에서 미오가 나왔다. 사람 그림자가 저렇게 클 수가 있나……. 병수는 이상한 생각에 고개를 갸웃거렸다.

병수는 잽싸게 찐빵 자리로 갔다. 찐빵이 벗어 놓은 교복 바지 주머니를 뒤져 구겨진 쪽지를 끄집어냈다. 쪽지를 보려는 찰나, 수업 시작종이 울렸다. 아쉬운 마음이 들었지만 어쩔 수 없이 주머니에 쪽지를 욱여넣고 체육관으로 달려갔다.

병수는 체육 시간에 슬슬 농구를 했다. 골이 골대를 엇나가거나 말거나 관심 밖이었다. 되도록 찐빵하고 멀리 떨어져 있었다. 쪽지의 반쪽 내용이 궁금해 죽을 지경이었다. 읽으려고 몇 번이나 시도했지만 좀처럼 기회가 오지 않았다. 찐빵이 노려보는 시선이 따가웠기 때문이다.

띠리리리 띠리리리리.

드디어 수업이 끝나는 종이 울렸다. 병수는 체육 수업이 이토록 지루하긴 처음이었다. 일부러 배를 움켜잡고 화장실로 뛰어갔다. 그러고는 변기 뚜껑에 걸터앉아 주머니에 든 쪽지를 꺼냈다. 찐빵이 쓴 것으로 보이는 지렁이 글씨체가 눈에 들어왔다. 쥐, 창고, 삼백 년 된 나무 등이 적혀 있었다. '오래된 전설'이라는 문구 아래는 빨간 펜으로 별표가 쳐져 있었다. 병수 눈이 절로 커졌다. 반쪽짜리 쪽지에 잘린 글자들이 보였다. 병수는 자신이 갖고 있던 쪽지를 대보았다. 반으로 갈라진 쪽지가 온전히 하나가 되었다.

　서묘: 아주 특별한 쥐. 보통 쥐보다 쥐를 잡는 솜씨가 뛰어나며 고양이보다 쥐를 잘 잡는다. 이 쥐를 잡거나 가까이하면 똑/똑한 기운을 받아 성적이 엄청나게 올라간다.

　병수는 고양이보다 쥐를 잘 잡는다는 서묘 이야기에 코웃음이 났다. 말도 안 되는 이야기였다. 찐빵이 하는 일이 다 그렇지…….
쓸쓸한 마음에 쓴웃음이 나왔다. 쪽지에 혹한 게 후회되었다. 여하튼 찐빵이란 놈은 쓸데없는 짓만 했다. 병수는 쪽지를 도로 갖다 놓을까 멈칫대다 변기에 버리고 물을 내렸다.
　저녁 자습 시간. 병수는 쥐에 대한 전설에 자꾸 미련이 생겼다. 쥐를 잡아 정기를 받으면 머리가 좋아진다는 엉터리 소문은 입학 초에도 얼핏 들은 적이 있었다. 오래된 나무라면, 제일고를 다니는 학생이라면 누구나 다 아는 창고 옆 회화나무를 말하는 게 틀림없었다. 삼백 년이란 세월에 걸맞게 크기도 몹시 커서 누구라도 한눈에 알아볼 수 있었다.

그날 밤 미오에게 카톡이 왔다. 병수는 설레는 마음으로 카톡을 확인했다.

−어때?

미오가 다짜고짜 묻는 바람에 순간 어리둥절했다. 그러다 파일 이야기라는 걸 눈치채고는 씩 웃으며 답장을 보냈다.

−덕분에 아주 잘 듣고 있어. 고마워^^.

짧은 대화였지만 무척 설렜다. 매일 미오와 연락을 주고받는다면 얼마나 신날까. 병수는 황홀경에 빠져 미오가 보내 준 파일을 다시 들었다.

찌지지직. 찌지지직.

소리는 묘하게 성적에 대한 욕망을 자극했다. 다른 애들을 제쳐야겠단 생각에 자기도 모르게 주먹을 불끈 쥐었다. 영어 단어를 외우는데 머릿속에 전설 얘기가 파고들었다. 말도 안 된다는 생각에 고개를 젓다가도 한편으론 믿고 싶은 마음이 솟구쳤다. 생각이 꼬리에 꼬리를 물고 이어지며 머릿속이 점점 복잡해졌다. 고양이보다 커다란 쥐가 가당키나 한가……. 뭔가 앞뒤가 맞지 않았다. 하아―, 병수는 긴 한숨을 내쉬었다. 꼴찌 탈출이 아무리 절박하다지만……. 어쩌면 세상은 꼴찌를 해 본 자의 비애를 아는 자와 모르는 자로 나뉠지도 모른다. 병수는 어떻게든 꼴찌의 굴레에서 벗어

나고 싶었다. 무슨 수를 써서라도!

병수는 벌떡 일어나 단어장을 덮어 버렸다. 그러고는 벌렁 침대에 드러누웠다. 몸이 끝도 없이 이불 속 깊은 구렁텅이로 추락하는 것만 같았다. 세상에서 가장 낮은 곳으로 영혼이 추락하는 느낌. 병수는 자려고 몸을 이리저리 뒤척였다. 그런데 눈을 감았는데도 온통 쥐에 대한 생각뿐이었다. 쥐를 잡으면 왠지 성적이 쑥쑥 올라갈 것만 같았다. 한 자릿수를 맴돌거나 빵점을 맞은 찐빵의 점수가 올라간 것도 쥐 때문인지 몰랐다.

'그깟 쥐, 나라고 못 잡을 게 뭐야!'

결심을 굳히고 나니 병수는 마음이 한결 편안해졌다. 쥐 잡기에 대한 의지로 가슴이 활활 타올랐다. 내일은 창고에 꼭 가 봐야지. 다짐하듯 중얼거리며 오른쪽 귀에 이어폰을 꽂은 채 잠이 들었다. 흘러내린 왼쪽 이어폰에서 찌지지직, 찌지지직 소리가 조용히 방 안에 새어 나왔다.

다음 날 등굣길에 병수는 교실로 올라가는 2층 계단에서 찐빵을 보았다. 병수가 찐빵을 구석으로 잡아끈 다음 따지듯 물었다.

"오래된 전설이 대체 뭐냐?"

"씨바, 그걸 왜 나한테 물어?"

찐빵이 병수를 밀치고 교실로 들어가 버렸다. 병수는 쓴 입맛을 다셨다. 녀석이 호락호락 나오질 않으니 직접 알아보는 수밖에 없었다.

병수는 옆에 앉은 반장에게 물었다.

"쥐에 대한 얘기 들어 봤냐?"

"픕, 창고에 나온다는 그거?"

반장은 어깨를 으쓱하며 시큰둥하게 대답했다. 그러더니 에너지 음료를 홀짝이고는 문제집을 들여다보며 노트에 열심히 끄적거렸다. 쳇, 미오한테 매번 밀리는 주제에. 음료나 먹고 메모만 하면 장땡이냐. 병수는 반장이 아니꼬웠다. 하긴 뭔가 알아도 제대로 알려 줄 놈이 아니었다. 직접 창고에 가 보는 수밖에 없었다.

병수가 수업 틈틈이 찐빵을 주시할 때면 간혹 미오와 눈이 마주치기도 했다. 이상했다. 설마 미오가 찐빵을 좋아하나? 병수는 고개를 갸우뚱거리며 미오와 찐빵을 돌아보았다. 전혀 어울리는 조합이 아니었다. 그래도 남녀 사이는 모르지 않나. 뭔가 미심쩍었다. 질투심에 사로잡힌 병수가 몸을 부르르 떨었다.

저녁 급식을 먹고 교실에 있을 때였다. 찐빵이 교실에 들어오더니 다시 뒷문으로 쓱 나갔다. 병수는 몰래 찐빵 뒤를 밟았다. 녀석이 창고 앞으로 가더니 커다란 나무뿌리를 이리저리 살펴보았다. 쥐를 찾는 건지도 몰랐다! 병수가 찐빵에게 다가가 아래턱을 치켜든 채 물었다.

"뭐 하냐? 쥐라도 잡는 거냐?"

"헉."

놀란 찐빵이 벌린 입을 다물지 못했다. 병수는 찐빵 곁에 바투

다가서서 회화나무 밑동을 발로 툭툭 찼다.

"놀라긴. 학교 전설에 나오는 쥐 잡는 거냐고 묻고 있잖아? 삼백 년 된 나무 근처에 쥐가 들락거린다며. 그 쥐 잡으러 온 거 아냐?"

"알 거 없어."

찐빵이 고개를 돌리며 씨근덕거렸다.

"에잇, 오늘은 글렀네."

"대체 그 얘긴 어디서 들은 거야?"

병수가 지나가는 찐빵 팔뚝을 꽉 잡았다. 찐빵이 양미간을 찌푸렸다. 그때 병수 등 뒤가 새까매졌다. 가로등이 꺼진 것처럼 사위가 어두웠다. 병수가 주위를 둘러보았다. 어두워서 시야가 흐릿했다. 어둠이 조금 익숙해지자 미오의 뒷모습이 보였다. 여신이 여긴 왜 온 거지? 병수가 의문을 갖는 동안 찐빵이 투덜거렸다.

"이거 놔! 미오가 알려 줘서 와 본 거다, 어쩔래?"

"아……."

찐빵을 잡은 병수 손에 힘이 빠져나갔다.

"먼저 간다."

찐빵이 팽하니 돌아서 가 버렸다. 미오가 말한 거라고? 병수는 찐빵이 한 말을 곱씹어 보았다. 만약 진짜면 어떡하지? 지금 상황에 믿어서 손해 볼 건 없었다. 병수는 눈에 불을 켜고 나무 주위를 맴돌았다. 창고 주변도 샅샅이 살펴보았다. 하지만 쥐는커녕 개미 콧구멍도 보이질 않았다.

그때부터 병수는 틈나는 대로 창고 근처를 배회했다. 하지만 매번 허사였다. 그러다 꾀를 내어 작전을 바꾸었다. 휴대폰 불빛을 최대한 낮추고 준비해 온 소시지를 찔끔찔끔 흘려 두었다. 쥐가 좋아하는 먹이로 유인할 작정이었다. 하지만 쥐는 손쉽게 걸려들지 않았다. 쥐가 있기는 한 건지 의심스러웠다. 병수는 며칠째 허탕을 치고 있었다.

월요일 1교시는 국어를 맡은 담임 수업이었다. 담임은 조는 아이들을 향해 동물에 튀길 놈들이라며 수시로 욕을 해 댔다. 그러고는 매번 학교 선배로서 하는 충고라고 덧붙였다. 병수는 찐빵을 흘낏거렸다. 예전의 찐빵이라면 배를 잡고 웃어 대곤 했다. 하지만 녀석은 실큼하게 바라볼 뿐이었다. 저 녀석이라도 제쳐야 할 텐데…….

달이 유난히 밝은 밤이었다. 그날도 병수는 야자 쉬는 시간에 곧장 창고로 달려갔다. 잠깐이라도 쥐가 있나 살펴볼 참이었다. 한참을 살피느라 시간이 가는 줄도 몰랐다. 그때 창고 반대편에서 발소리가 났다. 드디어 쥐가 나타난 건가. 병수는 숨을 멈춘 채 입술을 깨물었다. 심장 박동도 빨라졌다. 어깨를 오그리고 몸을 앞으로 기울였다. 그때 건너편에서 불쑥 반장이 나타났다.

"쉬는 시간 지난 지가 언젠데, 여태 안 들어오고 뭐 하냐?"

시간이 벌써 8시 15분을 넘어서고 있었다. 야자 시간이 15분이나 지난 거였다. 병수는 반장을 따라 허겁지겁 교실로 갔다. 야자 담당 샘이 작은 부채를 손으로 톡톡 치며 병수를 노려보았다. 병수는 고개를 숙여 목례를 하고 서둘러 자리에 앉았다.

"너 때문에 괜히 시간만 뺏겼잖아."

반장이 병수를 보고 툴툴댔다. 병수는 머쓱해져 얼굴이 벌겋게 상기되었다.

며칠 후 다시 창고에 갔을 땐 찐빵과 마주쳤다. 병수가 마뜩잖은 얼굴로 말했다.

"지금 잡는 건 내가 놓은 먹이로 걸려든 거니까 넌 손댈 생각도 하지 마."

"염려 마. 그냥 와 본 거니까. 꼴찌인 너나 실컷 잡아."

"뭐어, 꼴찌? 이게 말이면 다야?"

병수는 꼴찌라는 말에 뒷골이 당기며 열이 뻗쳤다. 찐빵 멱살을 잡았는데 등 뒤에서 시커먼 먹구름이 집어삼키듯 사방이 캄캄해졌다. 어두운 그림자에 놀란 병수가 뒤를 돌아보았다. 병수가 방심한 틈에 찐빵이 몸을 빼서 쌩하니 달아나 버렸다. 병수는 어둠에 적응하느라 그대로 가만히 서 있었다. 어둠이 조금씩 움직이는 것으로 보아 누군가의 그림자인 것 같았다. 거대한 그림자는 꼭 쥐 모양처럼 머리가 작고 몸통이 아주 동그랬다. 쥐 그림자가 병수 가까이 다가오고 있었다. 병수는 숨죽인 채 침을 꿀꺽 삼켰다. 코앞에서야 뜻밖에도 미오가 서 있는 게 보였다. 미오가 상냥한 목소리로 물었다.

"여기서 뭐 해?"

"아, 아무것도 아냐."

소스라치게 놀란 병수가 움찔대며 얼버무렸다.

"뭐 잡는 거 아니었어?"

"아, 아냐."

멋쩍은 병수가 부정했지만 웬일인지 미오는 눈에 웃음기를 가득 머금고 있었다. 병수는 앞서 걷는 미오를 넋을 놓고 쳐다보았다.

다음 날, 급식을 대충 먹어 치운 병수는 일찌감치 교실로 돌아왔다. 서너 명의 아이들이 자리에 앉아 있었다. 병수는 자기 자리를 지나가는 미오를 보았다. 책상에 웬 노트가 떡하니 놓여 있었다.

병수가 미오에게 물었다.

"혹시 이 노트 네 거 아냐?"

"난 아닌데……. 누가 너 보라고 놓고 간 거 아닐까? 후후."

어느새 바투 다가온 미오가 속삭이며 웃었다. 미오가 가고 나서 병수는 노트를 앞뒤로 살펴보았다. 노트에는 마침 이름이 없었다. 과목별로 핵심 정리가 인쇄되어 있었다. 중요도별로 별표를 다르게 매겨 한눈에 쏙 들어왔다. 미오 말대로 누가 주는 건가? 노트가 마음에 든 병수는 마음대로 이유를 갖다 붙였다. 아무래도 상관없었다. 씩 웃으며 노트를 책상 속에 집어넣었다.

종례가 끝나고 찐빵이 울상을 지으며 소리쳤다.

"내 노트가 없어졌어!"

"누가 꼴찌 걸 훔쳐 가냐?"

누군가 시큰둥하게 말하자 다들 웃어넘겼다. 뜨끔한 병수가 눈알을 굴리다 미오와 눈이 마주쳤다. 미소 짓는 미오의 모습에 병수의 쪼그라든 마음이 쫙 펴졌다.

병수가 가방을 챙기는데 찐빵이 달려들었다.

"이거 내 건데?"

"이게 네 거라는 증거 있어? 여긴 네 이름도 없는 데다가 네가 쓴 글씨체랑 완전 다른데?"

병수가 찐빵의 가방에서 노트를 억지로 꺼내 들추었다. 군데군데 메모해 놓은 글씨체를 비교해 보니 찐빵이 쓴 지렁이 글씨와 달라도 너무 달랐다.

"이게 같은 사람이 쓴 게 맞냐? 누가 봐도 아니란 게 확실하잖아!"

"글씨체가 같건 다르건, 그건 내 거야. 꼴찌 했다고 남의 노트까지 훔칠 필요 없잖아!"

화난 병수가 찐빵의 멱살을 움켜쥐었다. 도둑으로 몰린 것도 화났지만 만년 꼴찌한테 듣는 꼴찌 소리에 화가 폭발하고 말았다.

찐빵이 악담을 퍼부었다.

"남의 물건 훔치고 얼마나 잘되는지 어디 두고 보자구!"

"됐거든!"

병수가 찐빵 뒤통수에 대고 쏘아붙였다.

청소 시간. 교실 바닥을 쓸던 병수는 휴지통을 들고 쓰레기 처리장으로 갔다. 하필 쓰레기장에서 찐빵과 마주쳤다. 둘은 서로 맹수처럼 노려보다가 누가 먼저랄 것도 없이 팽하니 돌아섰다.

집에 온 병수는 엄마 잔소리에 우울해졌다. 배가 고파 집은 빵을 보고 엄마가 눈을 흘기며 언성을 높였다.

"그 성적에 빵이 먹고 싶어? 어?"

병수는 손에 든 빵을 식탁 위에 도로 내려놓았다. 축 처진 어깨로 방에 들어와 가방을 열었다. 그런데 낮에 주운 노트가 안 보였다. 이리저리 가방을 뒤적거렸지만 나오질 않았다. 감쪽같이 없어진 것이다! 대체 노트가 어디로 갔지? 귀신이 곡할 노릇이었다.

다음 날. 수학 수행평가가 있는 날이었다. 병수는 성적에 대한 불안 때문에 부쩍 긴장되었다. 정신이 집중되자 배 속에서 요란한 소리가 들려왔다. 그 소리는 마치 혈관을 타고 세포를 깨우듯이 온몸으로 배고프다는 신호를 보냈다. 허기가 질수록 병수는 먹을 것에 온 신경이 쏠렸다. 병수는 자기도 모르게 노트를 찢어서 입에 넣었다. 잘근잘근 씹고 있는데 미오와 눈이 마주쳤다. 자길 빤히 쳐다보는 모습에 놀라 종이를 꿀꺽 삼켜 버렸다.

쉬는 시간에 병수는 복도에서 미오와 마주쳤다. 미오가 병수 이름을 다정하게 불렀다.

"병수야, 잠깐 얘기 좀 할래?"

병수는 심장이 콩닥거렸다. 미오가 슬쩍 말했다.

"반장네 학원에 끝내주는 유인물이 있대."

"뭔데?"

"완전 족집게래……."

미오의 반짝이는 두 눈이 병수를 빤히 쳐다보았다. 눈동자가 묘하게 빛났다.

병수는 노트에 욕심이 났다. 얼마 전에 주운 노트를 잃어버렸으니 그거라도 있으면 좋을 것 같았다. 흥분한 병수가 콧구멍을 큼큼거렸다. 가만히 있을 수 없었다.

마침 화장실에서 마주친 반장에게 물었다.

"너희 학원에서 준 족집게 노트가 있다며?"

"누가 그래? 그런 거 없거든."

반장이 째지는 목소리로 답했다. 움찔대는 게 어쩐지 수상했다.

점심시간. 병수는 남보다 빨리 급식을 먹었다. 그러고는 서둘러 교실로 내달렸다. 병수가 반장 가방을 뒤졌다. 역시나 파란색 학원 노트가 있었다. 자식, 이런 걸 속이다니 좀 보여 주면 어때서! 병수는 아무렇지도 않게 반장 노트를 제 것인 양 가방에 집어넣었다. 그러고는 휘파람을 불며 화장실에 갔다. 기분이 좋아 낄낄 웃음이 났다.

마지막 수업이 끝나고 반장이 병수에게 의심의 눈초리로 말을 걸었다.

"학원에서 준 노트가 사라졌는데 아무래도 수상해. 너지?"

"무슨 소리야! 난 몰라!"

"네가 아까 내 노트, 물어봤잖아?"

"물어본 거랑 노트가 없어진 거랑 무슨 상관인데?"

"그 노트 있는 거 너밖에 모른단 말이야. 그러니 네가 범인이지?"

"아깐 없다고 했으면서 왜 날 도둑으로 몰아?"

"어디 한번 까 봐."

반장이 병수 가방을 턱짓으로 가리켰다. 두 사람 주변으로 아이들이 몰려들었다. 재미있는 구경거리가 생긴 승냥이처럼 다들 눈을 반짝였다.

"네가 뭔데 이래라저래라야! 씨바."

병수가 화를 냈지만 반장이 악착같이 달려들어 병수 가방을 뒤졌다. 당황한 병수 눈이 휘둥그레졌다. 윽, 가방 속에선 여지없이 반장의 파란색 노트가 나왔다. 노트 표지에 반장 이름이 크게 적혀 있어 발뺌을 할 수도 없었다. 반장이 병수 멱살을 잡고 왼쪽 뺨에 주먹을 날렸다.

"이래도 아니라고? 이 도둑놈의 새끼!"

그때 누군가 외쳤다.

"샘 온다!"

"담임까지 알면 귀찮아질까 봐 조용히 넘어가는 거야."

반장이 주먹을 꽉 쥔 채 속삭였다. 병수 얼굴이 귓불까지 벌겋게

달아올랐다. 맞은 뺨이 얼얼하고 코피가 날 것처럼 입에서 피 냄새
가 올라왔다. 아이들이 병수를 보고 수군거렸다. 혀를 끌끌 차는
아이도 있었다. 병수는 수치심에 눈물이 핑 돌았다. 도둑놈의 새끼
란 단어가 귓전에 맴돌았다. 시험을 죽 쑤고 9등급을 맞은 것도 모
자라 어느새 노트 도둑이 되어 있었다. 쪽팔림과 분노가 한꺼번에
몰려들었다. 몇 주 사이 모든 일이 뒤엉켜 버린 느낌이었다.

청소 시간. 병수가 쓰레기통을 들고 나가려고 할 때 반장이 쫓아
왔다.

"잠깐 얘기 좀 하자. 아까 때린 건 정식으로 사과할게. 담임한테
말 안 할 거지? 노트가 없어져서 순간 이성을 잃었나 봐. 그리고 전
에 내가 네 버터 빵 먹었어. 미안. 대신 이거 읽어 봐."

반장이 쪽지를 내밀었다.

서묘: 흉포한 쥐로, 다른 쥐를 공격해 먹기 좋아한다. 대체로 서묘가
쥐를 잡는 방법은 다른 쥐들을 붙잡고 가두어 결국 자기들끼리 공격하
도록 만든 다음 잡아먹는다.

병수는 내용을 읽고는 깜짝 놀랐다. 황당한 내용에 몇 번이나 쪽
지를 훑어보았다. 병수가 알고 있던 내용과 완전 달랐다.

"이거 어디서 났어?"

"담임이 우리 학교 출신이잖아. 서묘에 대한 전설을 물어봤더니,

자세히 말해 주시더라. 내용 듣고 적은 거야. 암튼 아까 때린 건 없었던 거다."

반장이 가방을 메고 교실을 나갔다. 병수는 고개를 내저었다. 설마 담임이 서묘에 대해 알고 있을 줄은 꿈에도 몰랐다. 왜 진작 담임한테 물어볼 생각을 못 했지⋯⋯.

병수는 중간고사 점수를 발표하던 날부터 자신에게 일어났던 모든 일이 주르륵 떠올랐다. 등급의 늪에 빠져 허덕이던 결과 노트 도둑으로까지 몰린 일까지. 병수는 착잡한 얼굴로 쓰레기를 버리러 갔다. 그때 창고 쪽으로 가는 찐빵을 보았다.

병수가 찐빵에게 쫓아가 물었다.

"찐빵, 너 어디 가냐?"

"네가 뭔 상관이야."

찐빵이 양미간을 찌푸린 채 돌아서며 귀에 뺐던 이어폰을 도로 꽂았다.

"혹시 지금 뭐 들어?"

"⋯⋯."

병수는 급히 찐빵에게 입을 다물라는 표시로 입술에 손가락을 가져갔다. 마침 창고 뒤편 서쪽으로 뉘엿뉘엿 해가 지고 있었다. 붉은 태양이 사그라지며 후문 담벼락에 긴 그림자가 나타났다. 너무나 큰 그림자여서 병수는 금세 알아보았다. 그건 전에 창고 앞에서도 본 그림자였다. 쥐 모양의 엄청나게 큰 그림자. 조심스레

다가오는 그림자가 담벼락에 남실댔다. 병수는 숨을 죽인 채 그 모습을 지켜보았다. 건물 모퉁이를 막 돌아서는 미오의 뒷모습이 보였다.

미오가 사라진 후, 병수는 찐빵의 휴대폰에서 이어폰을 분리했다. 찌지직거리는 소리가 흘러나왔다. 병수는 무언가 퍼뜩 떠올랐다. 중간고사 이후 찐빵과 미오, 자기까지 셋이서 교묘히 얽혀 왔다. 이건 단순한 우연이 아니라는 생각이 들었다.

병수가 찐빵에게 물었다.

"너 이거 미오한테 받았지?"

"어, 어떻게 알았어?"

놀란 찐빵이 휘둥그레진 눈으로 되물었다. 병수가 속삭였다.

"지금부터 내 말 잘 들어. 지금 너나 나나 서미오가 친 장난에 놀아난 거라고."

병수는 반장이 준 쪽지를 찐빵에게 내밀었다.

"이게 뭐야?"

쪽지를 읽은 찐빵이 의아한 얼굴로 물었다.

"너, 전에 그 노트도 미오가 준 거지?"

"……."

찐빵이 말없이 고개를 끄덕였다. 병수가 설명을 덧붙였다.

"서묘 내용도 완전 바꿔서 우릴 속인 거야. 노트, 내 책상 위에 있어서 내 것처럼 굴었어. 미안. 노트도 미오가 갖다 버린 게 틀림

없어. 쓰레기 분리수거장을 뒤지면 나올 거야. 가서 찾아보자."

둘은 쓰레기장을 샅샅이 살폈다. 병수가 재활용 종이를 담은 마대 자루를 뒤집으며 말했다.

"어제 점심까진 내가 분명히 갖고 있었어. 아마 어제 오후쯤 버렸을걸. 미오가 들락거리는 거 봤거든."

찐빵도 병수를 따라 자루를 해작거렸다. 한참을 뒤진 끝에 전단지 사이에 눈에 익은 노트가 나왔다. 병수가 노트를 끄집어내며 말했다.

"찾았다!"

어제 점심에 병수가 훔친 바로 그 노트였다. 병수가 옆에 섰던 찐빵에게 노트를 건넸다. 찐빵이 울적한 목소리로 중얼거렸다.

"어쩌다 이렇게 된 건지 모르겠어⋯⋯."

"내 생각엔 그 파일이 문제 같아. 등급에 대한 고민은 늘 있었는데, 이상하게 그 파일을 들으면 처음엔 마음이 안정되는 것 같았어. 그런데 지금 생각해 보면 남을 밟고 올라서려는 욕심만 커졌던 것 같아. 미오한테 단단히 속은 게 틀림없어."

혼란스러운지 찐빵은 대꾸도 못 하고 궁싯거렸다.

찐빵이 먼저 간 다음 병수가 교문을 나설 때였다. 저만치 미오가 걸어가는 게 보였다.

병수가 미오를 쫓아가 따져 물었다.

"네가 노트 버린 거지? 그리고 그 파일도⋯⋯."

병수 말이 끝나기도 전에 미오가 갑자기 어깨에 멘 가방을 내려 지퍼를 열었다. 그러고는 노트를 꺼내며 또랑또랑한 목소리로 힘주어 말했다.

"나한테 3등급은 올려 줄 비법이 있어."

"……."

병수는 순간 말문이 막혔다. 미오가 노트를 떠들어 보이며 코앞에 들이밀었다. 보기 좋게 정리된 내용들이 병수 눈에 쏙 들어왔다.

"이거 너한테만 줄게. 등급이 확 올라갈 거야."

병수는 얼떨결에 노트를 넘겨받았다. 미오가 묘한 웃음을 넘기며 돌아섰다. 병수 입에서 깊은 한숨이 새어 나왔다. 이걸 혼자 보면 미오 말대로 성적이 팍 뛸지도 몰랐다. 다시 마음이 요동쳤다. 속지 말자고 결심한 지 채 몇 분도 지나지 않았다. 병수는 가슴 한구석이 무지근했다.

병수는 편의점에 들러 빵을 하나 샀다. 창가 구석진 곳에 앉아 우물거리는데 창밖으로 같은 반 승우가 지나갔다. 이번 수행평가에서 낮은 점수를 받은 녀석이었다. 어디선가 나타난 미오도 앞서 걷고 있었다. 그러다 미오 이어폰이 떨어졌다. 뒤에서 걷던 승우가 이어폰을 주우며 미오를 불렀다. 미오가 돌아보곤 웃으며 승우와 이야기를 주고받았다. 병수는 그 모습을 똑똑히 지켜보며 어금니를 사리물었다. 모든 것이 분명해졌다.

다음 날 병수는 일찍 학교에 도착했다. 평소보다 가방이 불룩

했다.

병수는 미오에게 받은 유인물을 잔뜩 복사해 교실에 뿌렸다. 아이들이 하나둘 교실에 들어왔다. 자리에 앉은 아이들이 유인물을 보고는 한마디씩 뱉었다.

"와! 이거 뭐냐?"

"비법인가?"

"완전 끝내준다!"

드디어 미오가 교실로 들어왔다. 병수는 미오의 반응을 놓치지 않았다. 미오가 유인물 내용을 훑어보더니 쫑덜거리며 울상을 지었다. 자신의 계획이 틀어진 걸 알아챘는지 주먹을 말아쥔 채 부르르 떨고 있었다. 미오가 눈을 희번덕거리며 거칠게 숨을 몰아쉬었다. 병수 같은 꼴찌를 돌탕먹일 마지막 계책마저 만천하에 탄로난 것에 돌아 버린 것 같았다. 미오가 기이한 소리를 내질렀다.

"끼이이이이익, 이끼리리리리릭. 끼이이이이익, 이끼리리리리릭."

죽기 전 발악하는 쥐 소리 같았다. 미오는 머리를 흔들며 쥐어뜯더니 유인물을 박박 찢어 버렸다. 그런 와중에도 계속 소리를 질러댔다. 놀란 아이들이 수군거렸다. 병수가 보란 듯이 가방에서 꺼낸 유인물을 마구 뿌렸다. 찐빵도 병수를 거들었다. 교실 책상과 바닥에 하얀 종이가, 족집게란 이름으로 마음을 갉아먹은 욕망이, 등급을 짓누르는 한숨이 펄럭이며 떨어져 내렸다. 병수는 얄팍한 비법의 사슬을 벗어던지듯 마구 흩뿌렸다. 자리에서 벌떡 일어선 미오가 교실을 뛰쳐나간 채 돌아오지 않았다.

날아라, 스피닝 _ 성기연

며칠째 기분이 개같다. 이유는 딱히 없다. 지난주 중간고사 성적이 안 좋은 거야 늘 그래 왔고, 고작 성적 따위로 기분이 좌지우지될 나도 아니잖던가. 오늘 아침 엄마의 뒤집어진 입술을 보고도 별 감흥이 없었다. 그저 이번엔 필러를 좀 과하게 넣으셨네 하는 잠깐의 생각뿐, 2주 만의 등굣길을 서둘렀다. 터질 듯한 핵폭탄을 품고 지낸 중학생 때가 차라리 나은 것도 같다는 생각이 들었다. 고등학생이 된 이후로는 학교의 기운인지 몸의 호르몬 탓인지, 그것도 아니라면 2021년의 숫자 때문인지 귀차니즘의 꼭대기에서 하루하루를 보내고 있다. 늘 약간의 짜증을 동반한 채로.

막 교문을 들어서는데 누군가 어깨를 툭 치고 앞으로 달려갔다.

"에이씨, 어떤 새끼야?"

앞서가는 녀석의 등만 빠른 속도로 멀어져 갔다. 먹잇감을 발견한 물수리가 날개를 활 모양처럼 굽혀 공기저항을 최소화하며 빠른 속도로 낙하하듯 녀석의 등도 주인의 급한 마음을 알아채고 스스로 어깨 근육을 모아 도왔으리라. 쳇! 오늘 하루도 뻔한 하루일 테지. 다시 고개를 들었을 때 진수가 눈에 들어왔다. 그냥 싫은 녀석이다. 내 눈길을 느꼈는지 진수가 인사를 건네 왔다.

"야, 이민상! 오랜만이다."

'에이씨, 왜 인사를 하고 지랄이야. 그냥 지나갈 것이지. 뭐 반가울 게 있다고.'

대답마저 귀찮아 심드렁하게 겨우 한마디 뱉었다.

"엉."

무슨 정신으로 1교시를 마쳤는지 모르겠다. 수업을 마치는 종이 울리자 복도로 우르르 쏟아져 나오는 아이들을 보며 주말에 넷플릭스로 본 〈킹덤〉의 좀비 같다는 생각에 웃음이 나왔다. 그리고 순간 스스로 놀랐다. 헐, 내가 웃다니.

화장실에서 잠깐 부딪힌 진수는 진짜로 웃고 있었다. 저 녀석은 뭐가 그리 좋은지 항상 싱글벙글맨이다. 지난 국어 모둠 시간에는 연습한 대본대로 하지 않고 일부러 곤란하게 만들었건만 그것마저 허허 웃으며 넘긴 녀석이다. 수업 마치기가 무섭게 황당함과 배신감을 온몸에 주렁주렁 달고 달려들 줄 알았다. 다른 녀석이었더라면 분명 그랬을 테니까.

다시 생각해도 마냥 불쾌한데 수업 시작 예비 종이 울렸다. 다음 시간은 체육 시간이다. 운동 실력이 나쁜 것보다 체력이 나쁜 것보다 준비물을 안 챙겨 온 걸 제일 싫어하는 체육 선생님이다. 오늘은 줄넘기다. 복도 신발장 진수의 신발주머니에 파란 줄넘기가 빼꼼히 얼굴을 내밀고 있었다. 이래도 안 빼낼 거냐고 나를 쏘아보며 협박하는 것 같았다. 순식간에 진수의 줄넘기를 낚아채어 왼쪽 허리춤에 감췄을 때 진수가 교실에서 나왔다.

아무도 없는 교실로 다시 들어가 진수의 줄넘기를 쓰레기통에 쑤셔 넣었다. 신발장 앞에서 줄넘기를 찾느라 머뭇거리는 진수를 못 본 체하고, 내 줄넘기를 들고 잽싸게 운동장으로 달렸다. 먼저 나와 있는 아이들이 줄넘기를 가지고 앞으로 뛰고 뒤로 뛰고 반으로 접어 돌리기도 하며 선생님을 기다렸다. 나도 그 속에서 진수를 기다렸다. 어쩔 줄 몰라 쭈뼛거리며 어색하게 나타날 진수 녀석의 모습을 상상하며.

선생님이 스탠드 중앙으로 오고 있는 게 보이고, 그 뒤로 헉헉대며 분홍색 줄넘기를 들고 뛰어오는 진수가 보였다. 젠장! 어디서 또 용케 빌렸나 보다. 나도 모르게 줄넘기를 잡은 채 손을 입으로 가져가 손톱을 물어뜯었다. 눈에 띄는 색깔의 줄넘기를 아무렇지도 않게 오히려 더 즐겁게 돌리는 진수를 힐끔거리며 분통만 터트리다가 체육 시간이 다 지나갔다.

아이들이 토해 내는 거친 숨으로 꽉 채워진 복도 벽에 공지문이 눈에 들어왔다. 학교 밴드부에서 드럼과 일렉기타 부원을 급히 구한다는. 수능시험을 치를 3학년 선배들에게 힘내라는 행사를 온라인으로나마 진행할 예정이며, 기존 밴드 멤버 중 3학년 선배가 하던 드럼과 일렉기타 자리가 공석이란다.

중학교 2학년 때에도 진수가 학교 축제에서 드럼을 연주하는 걸 본 적 있다. 무대의 맨 뒷자리에서 드럼 앞에 앉아 박자에 맞춰 묵직하게 드럼을 두드리는 진수는 남자인 내가 보기에도 엄청 멋있어 보였다. 연주곡도 하필 내가 엄청 좋아하는 노래였다. 아이들이 진수에게 몰려들어 한꺼번에 쏘아 대던 하트 충만한 눈빛을 잊을 수가 없다. 제일 괘씸한 건 내가 고백도 못 하고 좋아한 은서가 그날 이후로 진수를 오랫동안 바라만 보다 그녀만의 짝사랑으로 끝을 맺었다는 거다.

은서야, 너의 복수는 나의 것! 이 오빠가 저놈을 확 분질러 줄게!

어디 그뿐이었나. 쉬는 시간마다 밴드부 선배들이 교실로 진수를 찾아와 이참에 밴드부에 들어오라며 한동안 얼토당토않은 구애가 한창이었다. 간식은 물론이고 학교 어디서든 만날 때마다 살갑게 챙겨 주는 꼴불견이라니. 그런데도 한사코 어디에도 소속을 두지 않는 자유분방한 녀석. 그때를 생각하며 나도 모르게 또 손톱을 물어뜯었다.

빨리 수업이 끝나고 집에 가서 롤이나 한판 신나게 했으면 좋겠다. 머릿속에서는 게임 캐릭터들이 마구 뛰어다니는데 현실의 눈과 귀는 지루한 선생님 말에 혹사당하고 있으니 하루가 몹시 피곤할 수밖에. 오늘은 누구든 걸리기만 해 봐라. 다 발라 줄 테다. 4교시가 끝나니 여기저기서 탄식과 환호성이 맵지도 짜지도 않게 비벼졌다.

점심시간이다. 급식은 띄엄띄엄 앉아 아크릴판 가림막 안에서 얌전히 먹어야 했다. 이럴 거면 왜 등교를 하라는 건지. 우씨!라고 튀어나올 뻔한 욕을 집어삼키다가 태규와 눈빛이 쨍 마주쳤다. 강제 전학 온 지 여섯 달째인데도 한 번도 말을 해 본 적이 없다. 하긴 실제 등교일이 별로 없었으니까. 전학 오기 전 학교에서 학교폭력 가해자였다는데 녀석의 어디에도 그런 낌새는 없다.

태규는 교실 맨 뒷자리에서 하루 종일 잠만 잤다. 다른 친구들과 사소한 마찰도 없다. 반항이나 분노의 얼굴도 아니다. 그저 우리 교실 풍경화 속의 한 마리 나무늘보다. 다른 반에서 친구 무리가 두어 번 찾아온 적이 있었다. 그때 그 친구들은 태규를 감서라고 불렀다. 반 친구들이 하는 말로는 전 학교에서부터 붙어 온 별명이라고 했다. 친구를 괴롭히는 대표적인 요괴라는데 지금까지 우리 학교에서는 잠만 자느라 누군가를 괴롭히기는커녕 누구와 말을 할 시간조차 없어 보였다. 학교에 숙박료를 지불해야 한다면 단

연코 1등을 할 녀석이니까. 전 학교의 국사 선생님이 붙여 주었다는 별명을 제대로 이해하기에도 처음엔 버거웠다. 아무튼 일 년 같은 하루 수업이 끝났다. 센스 없는 담임샘은 종례도 길다.

"친구들 별명 부르지 말자. 초딩들 아니지? 그리고 아직도 친구 등에 메모지 붙이고 그런 거 하냐? 중딩들 아니잖아. 그리고 짜식들, 친구 머리 치고 튀는 것도 하지 마라. 분명히 말했다. 절대 하지 마라. 그런 것들도 모조리 다 학폭이 될 수 있다. 그럼 마지막으로 수행평가 잘 챙기고 자가 진단은 본인이 직접 해라. 직접!"

말이 종례지 모조리 잔소리다. 사투리가 섞인 담임샘의 종례를 어쩔 수 없이 귓구멍에 콕콕 박아 넣어야 했지만 어차피 곧 교문을 나설 테니까.

―어디심?

게임 파트너 '내 안의 흑염룡 준경' 님의 채팅이 떴다. 오~ 나의 준경 님! 상상도 못할 금액의 스킨으로 풀팩 장착한 준경 님의 캐릭터가 방금이라도 화면을 뚫고 내게 달려들 것 같았다. 그 간지를 어이할까나. 게임만 잘하면 된다고 누가 그러는지. 준경 님의 초고가 스킨을 못 보고 하는 소리지. 으하하하. 준경은 본인의 이름이 아니라 고려 시대 최고 장수인 척준경의 이름이라고 했다. '내 안의 흑염룡 준경' 님은 왠지 공부도 쫌 잘했던 어른이 아닐까? 어찌 됐든 매너가 좋고 무엇보다 게임 수준이 높았다. 하긴 게임을 잘하면 그게 바로 매너가 좋은 거지. 더 말해 무엇 하랴. 팀을 이루면 왠지 안심되고 자긍심마저 느껴져 요즘엔 채팅이 안 오면 서운할 지경이다.

현관문을 열자마자 방으로 뛰어 들어가 컴퓨터 전원부터 켜고 화면을 응시한 채로 가방을 던졌다. 그렇게 두근두근 시작한 첫 라운드에서 바로 앞에 있는 적을 내가 발견하지 못해 우리 팀은 결국 전멸했다.

−블랙 시멘트! 앞에 적 못 봤어?

−에이씨, 다시 한판 붙어 봐. 이번 라운드는 잘할 수 있어.

−지금은 곤란. 9시에 붙든지.

−할 수 없지. 그러든가.

콜라 캔이 찌그러지듯 확 구겨져 버린 자존심 때문에 종료 버튼을 거칠게 눌렀다. 슬슬 고파 오는 배를 위아래로 쓸며 주방으로 갔다. 넓고 화려한 인테리어의 주방은 손님 없는 전시장처럼 썰렁하기만 했다. 온 가족을 위한 우리 집만의 자랑이라던 알파룸도 오랫동안 주인의 손길을 기다리다 지친 운동기구들과 빔프로젝트가 뽀오얀 먼지만을 껴안은 채 외로움의 시간을 견디고 있었다. 코로나 때문에 홈트가 열풍이라는 뉴스를 너희들만은 모르길. 고가의 주방가전도 운동기구도 이미 본래의 기능을 상실하고 인테리어 기능에만 충실한 지 오래다. 라면이라도 끓여 먹으려고 냄비에 물을 올리면 '지금 뭐 하시는 거냐'며 냄비가 내게 눈을 부릅뜨고 화를 낼 것만 같다.

검정색 후드티를 걸치고 편의점으로 갔다. 참치마요 삼각김밥 두 개와 1.8리터 콜라를 계산하고 나왔다. 어디서 많이 본 듯한 자전거가 놀이터 옆에 세워져 있었다. 낯이 익은데 기억이 나지 않았다. 뭐 굳이 기억할 필요도 없으니까.

집에 오자마자 게임 카페에 들어가 몇 개의 댓글을 달고 유튜브에 올라온 게임 영상을 보며 삼각김밥 비닐을 벗겼다. 음, 이 바삭함! 이게 이게 삼각김밥 맛이지! 바삭한 김을 한입 베어 물고 콜라 몇 모금을 삼키다가 문득 지난주에 진수가 자전거를 타고 지나치던 기억이 떠올랐다.

'그래, 생각났어! 그 자전거가 재수 없는 자식 진수의 것이다.'

삼각김밥을 서둘러 입에 욱여넣고 참치의 비릿함이 남아 있는 줄도 느끼지 못한 채 또 손톱을 물어뜯으며 여전히 유튜브 게임 영상을 응시했다. 그러다가 갑자기 후다닥 현관문을 열고 다시 나갔다.

놀이터에 세워진 진수의 자전거를 화난 사람처럼 챙겨 들고 마치 내 것인 양 올라타고 그대로 달렸다. 두 블록 떨어진 아파트 단지 옆 공터에 진수의 자전거를 던지듯 버렸다. 다가가 발로 쾅쾅 밟았다. 진수를 못 밟을 바에야 그 녀석의 자전거라도 밟아 보겠다는 듯이. 몇 년 전 은서의 짝사랑을 받아 주지 않은 녀석을 이제라도, 이렇게라도 밟아 주겠다고 체인이 빠지고 작은 부속품 몇 개가 깨지도록 밟아 댔다. 속이 후련했다. 동시에 가슴 한편이 아파 왔다.

　진수는 유난히 자전거를 좋아했다. 동네에서 단순 이동 수단을 넘어 틈틈이 헤드폰을 끼고 탄천을 몇 시간씩 달린다고 했다. 그런 진수와 중학생 때 스피닝을 함께한 적이 있었다. 시에서 주최하는 생활체육 대회 스피닝 부분에 나란히 참가했다. 지원을 하고 보니 같은 팀이라 어찌나 반가웠던지. 그해 여름은 그야말로 실내 스피닝 룸에서 자전거 페달을 밟으며 지구를 몇 바퀴 돌았을지 가늠해 보곤 했다. 운동 후에 강사 몰래 먹는 컵라면과 아이스크림은 왜 또 그렇게 맛있었는지. 입상은 못 했지만 내가 하고 싶은 걸 처음 해 본 소중하고 행복한 기억이다. 그렇게 떠오른 기억은 유치원 시절부터 한동네에서 자란 진수 녀석과 함께한 시간들을 고구마 줄기처럼 넝쿨째 계속 이어지게 했다. 반 대항 축구를 할 때 진수의 패스와 나의 공격은 환상의 궁합을 뽐내며 다른 반들을 무너뜨리고 반 우승을 이끌어 냈다. 그때의 쾌감이 여전히 생생하다. 음악 수업 시간에는 옆에 앉아 내 울퉁불퉁한 손을 잡아 줘 가며 알토 리코더 운지법을 친절하게 가르쳐 주던 친구도 진수였다. 그 든든함이라니.

　그런데 중학생이 된 후 내 생일 초대에도 진수는 오지 않았다. 다른 친구들은 제발 불러 주기를 손꼽아 기다리는 내 생일 초대를 쿨하게 거절한 것이다.

"꼭 가야 해? 귀찮은데. 중딩도 생파를 하나? 아무튼 난 안 간다! 다른 친구들이랑 즐거운 생일 파뤄 해라."

못 간다도 아니고 안 간다를 아무렇지도 않게 말하던 진수가 야속하고 괘씸했다. 미안함이라고는 손톱만큼도 없던 그 거절의 말이 지금도 생생하다. 과학 모둠을 할 때에도 친구들은 나와 같이하고 싶어서 자신을 지명해 주기를 기다렸다. 나의 우수한 두뇌 때문이라기보다는 학습 환경에 녀석들의 마음이 더 유혹적이었다는 솔직함이 조금은 거북하지만 말이다. 무엇보다 최고 사양의 브이아르(VR) 체험과 여러 개의 최신 사양 탭으로 현란한 게임을 빵빵하게 해 볼 수 있어 누구든 언제든 우리 집에 오고 싶어 했다. 그런 내가 가장 욕심낸 인물이 있었으니, 바로 진수였다. 진수가 과학 영재도 아닌데 왠지 진수가 같은 모둠원이라면 프로젝트가 최고 성적으로 성공할 것 같은 확신이 강하게 들었다. 솔직히 진수와 더 많은 것을, 더 많은 시간을 함께하고 싶었다.

옛 생각에 취해 집으로 돌아오는데 진수의 자전거가 있던 놀이터 벤치에 태규가 앉아 있었다. 태규가 알은체를 할 리도 없을 텐데 도둑이 제 발 저려서인지 나는 눈을 질끈 감고 그냥 집으로 향했다.

"어이, 민상!"

귀를 의심했다. 분명 나를 불렀으니까. 뒤를 돌아 두리번거렸다. 다시 돌아봐도 역시 태규뿐이었다. 교실 속 풍경으로만 있던 나무

늘보 태규가 설마 지금 나에게 말을 걸어오는 것인가? 뭐 이런 귀찮은 경우를 봤나! 왜 부르냐는 말조차도 귀찮아 턱짓으로 태규를 응시했다. 벤치에 비스듬히 앉아 자신의 두 손을 안쪽으로 뒤집어 오므린 채 손톱을 바라보는 모습은 마치 엄마가 매니큐어를 바르고 얼굴에 가져가 호호 부는 딱 그만큼의 각도와 동작이었다.

'뭐냐, 저 녀석은? 적응 안 되게 왜 저기서 저 지랄이야. 그리고 웬 알은척?'

태규는 여전히 자신의 손톱을 낱낱이 살펴보며 느적느적하게 말을 던졌다.

"어디다 버렸냐?"

"…… 무슨 말인지?"

"이해가 안 돼서. 지난번엔 줄넘기! 이번엔 자전거! 하긴 그게 다가 아니지. 어디서부터 할까?"

아, 나무늘보는 잠만 잔 게 아니었다. 그동안 내가 진수에게 했던 악행을 줄줄이, 낱낱이 꿰고 있었다. 다 보고 다 알면서도 모르쇠 태도를 일관해 왔다는 말인데, 그렇다면 왜였을까? 도대체 왜?

"좀 전에 진수가 자전거 찾더라. 진수가 스피닝 늦는다고 걱정하며 가던데. 물론 내가 본 건 얘기 안 했고!"

하마터면 고맙다는 말이 나올 뻔했다. 그런 마음을 이미 충분히 알고 있다는 듯 태규가 계속 말을 이었다. 시선은 여전히 자신의 손톱에 머문 채.

"네 손톱은 무사하냐? 나는 손톱이 다 빠졌다가 이제 겨우 새 손톱이 나온 지 얼마 안 돼서 이렇게 애지중지 사랑을 주는 중이거든. 나도 처음에는 몰랐다. 내가 왜 손톱을 물어뜯는지. 피가 나고 아프니까 그때부터 생각했지. 전에 있던 학교에서 국사 샘이던 담탱이가 나더러 그러더라구. 내가 하는 짓이 꼭 감서 같다나? 그때부터 아이들도 나를 감서라고 불렀어. 그때부터인 것 같아. 불안해질 때마다 나도 모르게 손톱을 씹고 있더라. 이 형님 정도의 레벨이 되면 말이야……. 아니다. 됐고! 애송이를 데리고 내가 무슨. 아무튼 내가 게임 코인이 좀 필요하다. 넉넉히 준비해 둬라. 그럼 오늘은 이만."

태규는 한쪽 귀에 마스크를 덜렁덜렁 걸친 채 왼손 손톱을 입으로 살며시 질겅거리며 일어났다. 입을 벙긋 벌리고 멍하게 서 있는 나의 어깨를 무시하듯 툭 치고 가는 것도 잊지 않았다.

그것은 시작이었다. 몇 푼의 게임 코인으로 시작한 태규의 요구는 점점 커져 갔다. 차라리 금전 요구는 고마울 지경이다. 누구의 어떤 물건을 슬쩍 가져오라거나 수업 시간에 아무개를 소리 지르게 만들라거나 하는 어이없는 요구는 차마 들어줄 수가 없었다.

이따금 나무늘보 태규가 다가와 나지막하게 속삭였다.

"너 요즘 한가해 보인다. 난 게임 스킨 살 게 너무 많은데."

미친놈! 요즘 스킨에 목숨 걸고 게임하는 놈이 어디 있다고. 느릿느릿 나무늘보 주제에 안 봐도 그림 나온다. 스킨에만 목숨 거는

놓치고 게임 잘하는 놈 못 봤다. 물론 준경 님은 제외이고 말이다. 이 와중에도 준경 님을 생각하니 갑자기 마음이 좀 누그러졌다. 요즘 누가 스킨으로 기죽이냐고. 게임은 그저 게임을 잘해야지. 쳇, 하며 고개를 돌리다가 두 줄 앞에 앉아 있는 진수를 바라봤다. 어디서부터 잘못되었을까? 왜 진수를 그렇게 골탕 먹이고 싶었는지, 진수가 왜 미웠던 건지 생각하고 또 생각했다.

고등학교 생활이 시작된 후로 진수에 대한 마음은 언제 그랬냐는 듯 기억조차 사라졌다. 그런 진수가 다시 눈에 들어왔을 때, 어이없게도 나 자신도 모르게 진수를 괴롭히고 있었다. 처음에 아주 사소한 것으로 시작되었던 장난이 점점 걷잡을 수 없이 커져 갔다. 태규 놈 때문에 더 멈추지도 못하고 내가 점점 강한 감서가 되어 가고 있음을 나 자신도 몰랐다. 심지어 내가 손톱을 물어뜯고 있는 것조차 자각하지 못하고 있었으니까 말이다.

진수는 없어진 자전거를 찾고는 있으나 그렇다고 열심히는 아니었다. 없으면 없는 대로 여전히 잘 다녔다. 걷거나 마을버스를 타거나 때론 조깅을 하며, 심지어 어제는 반려견을 데리고 동네를 돌고 있었다.

태규 녀석을 어떻게 해야 할지 골몰히 생각하며 수학학원을 가려고 사거리 횡단보도에서 신호를 기다리고 있었다. 어느 때보다 신경질적으로 손톱을 물어뜯었다. 저 앞에 흰색 반팔 티셔츠를 입은 진수가 걸어오는 게 보였다. 뭐가 그리 좋은지 역시 싱글벙글인 얼굴이다. 나는 피가 나는 줄도 모르고 손톱을 더욱 세게 씹었다. 그때 진수 뒤에서 피자 배달 오토바이가 빠르게 다가오는 것이 눈에 들어왔다. 그대로 두면 살짝 스칠 듯 말 듯했다. 드라마에서처럼 내가 팔을 뻗어 잡아당기면 딱 안전할 만큼의 거리에 들어왔을 때까지도 나는 심하게 갈등했다.

밀어 버릴까? 팔을 뻗어 당겨 줄까?

그 짧은 순간 나는 무언가에 떠밀렸고 그 바람에 진수는 도로 쪽으로 밀렸다. 고개를 들어 눈앞 상황을 확인하기가 두려웠다. 당구대 위에서 빨간 구슬과 하얀 구슬이 딱 만나듯이 빨간 헬멧을 쓴 오토바이맨과 흰색 티셔츠를 입은 진수가 정확히 부딪혀 도로 위로 튕겨 나가 쓰러졌다. 도넛 가게에 있던 손님들이 창가에 매달려 사고 현장을 바라보았고, 지나가던 사람들도 모두 웅성거리기 시작했다.

그때 저만치서 어깨를 툭툭 털며 지나가는 회색 후드티는 분명 태규였다. 후드티의 모자를 쓴 채 웃고 있는 녀석의 옆모습이 섬뜩했다. 비열했다. 저주스러웠다. 그 상황이 두려웠지만 무엇보다 태규의 모습이 역겨웠다. 진수에 대한 걱정과 미안함 그리고 내가 태규처럼 변해 가고 있다는 두려움이 한데 섞여 혼란스러웠다.

학원으로 가지 못하고 놀이터에서 구토를 해 대기 시작했다. 태규가 앉아 있던 벤치가 눈에 들어오자 더욱 분노가 끓어올랐다. 구토를 멈춘 후 태규가 앉아 있던 벤치에 털썩 주저앉아 토사물을 멍하니 바라봤다. 그리고 시선을 거둬들여 두 손을 들어 손톱을 봤다. 빨간 피가 흘렀던 적도 있고 침에 퉁퉁 불었던 적도 많았다. 손톱깎이로 손톱을 잘라 본 지가 언제인지 기억조차 안 났다. 손톱이 자랄 틈도 없이 심하게 씹어 대던 손톱은 차라리 없다고 해야 할 지경이었다. 손톱 아래 살들이 아프다고 아우성치듯 퉁퉁 부어올라 있었다.

유치원 시절 엄지손가락을 심하게 입에 물고 있던 때가 있었다. 잠잘 때 특히 그랬고, 엄마가 못 하게 할수록 집착하듯 더 손가락을 물었다. 그때는 그렇게 손가락을 물고 있어야 잠도 잘 오고 왠지 편했다. 엄마는 손가락 변형이 온다며 내가 잠들면 한동안 쓴 액체를 발라 주었다. 그렇게 해서 나쁜 습관을 겨우 고칠 수 있었다.

그 고생으로 힘들게 지켜 온 손톱을 어린 나이도 아닌 지금 이 지경이 된 것을 엄마가 본다면? 아, 생각만 해도 끔찍하다. 엄마의 무관심이 이럴 때는 차라리 감사하다. 지금 이 손이 어디 정상적인 사람의 손이라고 말할 수 있을까. 어디 내놓기가 부끄러워 자꾸 주머니에 손을 넣고 다녔다. 간혹 체육 선생님에게 건방지다고 꿀밤도 몇 번 맞았다. 그래도 손을 자유롭게 꺼낸 채 있을 수는 없었다. 때맞춰 태규 녀석이 어슬렁거리며 놀이터로 오고 있었다.

"그래, 내가 밀었다고! 어쩔 건데! 다 말해 버리라고! 진수한테 말하든, 담임한테 말하든, 경찰에 가서 말하든 네 맘대로 하라고!"

녀석을 향해 고래고래 소리 지르며 차라리 잘되었다고 생각했다. 구토 때문인지 소리를 질러서인지 차라리 홀가분했다. 말은 그렇게 했지만 진수한테 말하는 건 꼭 내가 하고 싶었다. 그게 언제일지는 모르겠지만. 그럴 용기를 어떻게 낼 수 있을지 모르겠지만.

"뭘 그렇게 흥분하고 그러시나. 어차피 밀 거였잖아. 내가 도와줘서 고마웠다는 걸 그렇게 격한 표현으로? 아이구, 황송해라. 너도 이젠 감서의 꼴을 제법 갖춰 가네. 감서! 들어는 봤냐? 몰래 상대방의 몸을 갉아먹는다더라. 조금씩 갉아먹히는 동물은 그것을 느끼지 못한다 하고. 갉아먹는 정도가 심해지면 상대가 죽게 될 때도 있다는데, 그때까지도 상대방은 자기가 갉아먹히는지도 모른다더라. 아마 지금쯤 진수랑 오토바이맨은 응급실에서 치료 중이겠지. 뭐, 그 정도로 죽지는 않을 거야. 딱 그 정도면 네 마음도 짜릿한 재미로 막 흥분되지 않아? 응? 하하하."

는적는적 말하며 기분 나쁘게 웃는 태규 녀석에게 주먹을 세게 날렸다. 그리고 마구 달렸다.

'역시 너였어. 나쁜 새끼! 감서고 나발이고 난 너처럼은 되지 않을 거야. 너처럼은 안 될 거라구!'

온라인 수업을 받는 주가 끝나고 등교하는 주가 시작되었다. 내 무거운 걸음이 느릿느릿 한 걸음씩 목발을 짚고 학교로 향하는 진수의 걸음과 만났다. 어찌할 바를 몰라 주저주저하는 틈에 느닷없이 태규가 다가왔다. 이쪽을 향해. 녀석이 가까이 올수록 도넛 가게 사거리에서 쿵쾅거리던 내 심장이 이번에는 학교 운동장을 순식간에 달리고 있었다.

"진수, 너 고생이 많겠구나."

태규 녀석답지 않게 인사를 하는 바람에 나는 깜짝 놀랐다. 진수는 매사에 무관심한 반 친구마저 자신에게 따뜻한 안부를 건네주니 그저 고맙고 감격스러워하는 표정이었다. 그래, 진수 너란 놈은 그런 놈이라니까. 하여간 얼빠진 놈, 고맙다니! 그나저나 태규 녀석은 어쩌자고 말을 건넸을까. 도대체 무슨 마음으로 말이다. 풀리지 않는 생각의 실타래로 머릿속이 엉킬 대로 엉키다가 태규랑 눈이 마주쳤다. 좀 쫄았냐는 듯 내게 턱짓을 했다.

'그 정도로는 어림도 없다. 이 새끼야!'

나도 표시 나게 두 번 턱을 위로 찍어 답했다.

"화해했냐? 용서라도 받은 거냐고?"

그렇지. 궁금해서 못 견디겠는지 담임의 조례가 끝나자마자 태규가 내게 바짝 다가왔다. 아무 대답도 하지 않았는데 계속 질문을 쏟아 내며 비아냥거렸다.

"어디까지 말한 거냐? 줄넘기? 자전거? 오토바이?"

이에 질세라 나도 낮고 묵직하게 이를 갈며 말했다.

"아, 그 요괴 새끼, 겁나 귀찮게 구네. 한 대 맞고 시작해야 하는데 교실인 걸 고맙게 생각해라. 왜? 말 안 했으면 네가 말하게? 다 말해 버려! 그리고 너, 완전 짜증 나!"

태규와 나의 줄다리기를 눈치채지 못하는 많은 아이가 진수 곁으로 몰려들어 서로 가방을 들어 주겠다며 아우성이었다. 진수는 숱한 애벌레의 구애 속에서 마냥 행복해했다. 벌써 깁스한 다리가 다 나아서 한 무리의 나비들과 덩실덩실 춤추는 표정이었다.

다행이다. 진수가 불편해하며 혼자 하교하지는 않을 테니까. 내 마음도 조금은 편했다. 누가 가방을 들어 주든 무슨 상관이겠는가. 터덜터덜 걷다가 발로 돌멩이를 툭 찼다. 하필 그 돌멩이가 앞서가던 진수 다리의 깁스를 때리고 말았다. 어라, 그 많은 친구는 어디 가고 혼자 가고 있는 걸까? 다가가서 나라도 가방을 들어 줘야 하는 건가? 한데 말이 떨어지지 않았다. 돌멩이는 또 왜 맞냐, 너도 참. 미처 아무 말도 못 꺼냈는데 진수가 먼저 혼자 가는 변명 아닌 변명을 했다. 발이 다친 거지 팔은 멀쩡하다며 얼빠진 웃음을 보탰다. 진수는 병원에서 겪은 이야기며 깁스한 다리 때문에 불편했던 이야기를 아무렇지도 않게 말했다. 진수가 재미있으라고 신나게 말할수록 나는 할 말을 잃었다. 표정도 잃었다. 내 마음이 더는 가라앉을 데 없는 심연에 닿았을 때, 벌써 진수의 집 앞이었다. 머뭇거리며 돌아서려는데 진수가 붙잡았다.

"여기까지 왔는데 들어가자."

현관문이 열리자 작은 거실에 달달한 향이 코를 파고들었다. 진수의 동생 유진이가 달고나와 밥통 카스텔라를 만들었다면서 진수 엄마와 까르르 웃으며 맛있게 먹고 있었다. 그러려고 그런 건 아닌데 그 모습이 나도 모르게 바로 옆 단지 우리 집 이미지와 겹쳐졌다.

우리 가족이 사는 큰 집은 이 시간에도 언제나 텅 비어 있다. 그 공간을 채우는 건 나의 지루함과 배달된 음식 포장재뿐이다. 전국 골프장을 투어하는 아버지와 국내 유명 성형외과를 집만큼이나 친근하고 편하게 다니느라 바쁜 엄마. 성형을 하는 건 자유지만 제발 미리 말 좀 해 달라고 부탁한 적도 있었다. 하교하고 집에 들어섰을 때 엄마 얼굴이 퉁퉁 부은 건 애교 수준이었다. 얼굴에 붕대를 감고 맞이하는 엄마를 보고 나는 정말 쓰러진 적도 있었다. 이제는 뭐 익숙해져서 그저 아침에 미리 말이라도 해 주었으면 하는 서운함 말고는 더 바랄 것이 없다. 내가 학교와 학원에서 하루를 오로지 공부만 하고 지낸 후에 어른이 되어 살아갈 삶이 인류애까지는 아니더라도 엄마 아빠처럼 살 거라면 지금의 공부가 무슨 소용인지, 왜 공부를 해야 하는지 매번 갸우뚱해지곤 했으니까.

생각을 다시 진수 방으로 돌리고 벽을 바라봤다. 각양각색의 스케이트보드에 스노보드와 서핑보드, 옷걸이에 걸린 여러 도복을 보며 녀석의 다채로운 취미 생활이 부러웠다.

진수 엄마가 가져다준 카스텔라를 집어 든 내 손톱에 진수의 시선이 잠깐 멈추는 게 보였다. 진수가 조금 놀라며 내색하지 않으려는 배려가 느껴졌다. 포근한 카스텔라가 입 안에서 스르르 녹았다. 내 마음을 짓누르던 그간의 힘듦도 이렇게 녹을 수만 있다면 얼마나 좋을까, 하고 나는 거듭 생각했다.

"발은 이 모양이지만, 민상이의 방문 기념으로 내가 뭘 해 줄까? 음, 그래!"

하며 진수가 베이스기타를 집어 들었다. 휴대폰으로 음악을 검색하더니, 곧 블루투스 스피커에서 음악이 나왔다.

'아, 이 음악은?'

나도 참 좋아하는 락 팝송이다. 어쩜 슬픈 듯한 멜로디가 그리 내 가슴팍을 파고드는지. 솔직히 연주는 별로였다. 내가 베이스기타를 잘 몰라서 그런 것일지도.

"좀 별로였나? 내가 요즘 베이스기타 연주를 좋아해서……. 유튜브 보면서 배우고 있는데 도통 늘지를 않네. 히히."

"넌 뭐든지 다 잘하는 줄 알았는데 오늘 보니 그렇지도 않네. 솔직히 난 네가 드럼 칠 때 넘 멋있더라. 그리고 늘 궁금하더라. 네가 요즘은 어떤 취미에 빠져 있는지 말야. 내 주변에 취미로 과로사할 사람, 딱 너거든!"

"궁금해? 너한테 최초로 고백하는데 나 이제 공부할 거야! 의사가 될 거다. 깁스하고 병원에 있어 보니 의사 가운이 간지 폭발하더라구."

"캑!"

좀 전에 입 속에 밀어 넣은 카스텔라가 덩어리로 튀어나올 뻔했다.

"고등학생이 공부하겠다는 게 그리 당황할 일은 아니라고 보는데. 무안하게. 하하하. 너 지금 학원 안 가도 되면 게임이나 한판 할까?"

"그럴까?"

"그럼 잠깐만 기다려. 피시방 가서 제대로 하자."

"그래, 나 요즘 롤이 넘 재밌더라. 너도 하냐? 내가 좋아하는 준경 님도 초대해 볼게."

서둘러 진수의 집을 나섰다. 동네 피시방에 들어서자마자 사회적 거리를 두고 앉을 자리를 찾아 두리번거렸다. 게이머들을 지나치는데 오른쪽 컴퓨터 화면에 나타난 낯익은 스킨 때문에 하마터면 소리를 지를 뻔했다. 입틀막. '내 안의 흑염룡 준경'. 앞서가던 진수가 왜 그러냐며 입을 벙긋했다. 대답할 겨를이 없었다. 이렇게 만나다니. 흥분을 감출 수가 없었다. 급하게 손가락으로 머리카락을 빠르게 빗고 목소리도 조용히 가다듬었다. 준경 님의 오른쪽 어깨를 살짝 두드리고 인사를 할 생각이었다. 준경 님도 나처럼 반가워하겠지? 겨우 긴장을 멈추고 준경 님의 어깨를 막 터치하려는 순간 나는 또 한 번 나의 입을 틀어막았다. 회색 후드티 모자 앞으로 보이는 얼굴이 도로에서 나를 밀어 진수를 다치게 했을 때의 태규였기 때문이다.

진수에게 아직도 사실을 말하지 못했다. 진수의 집에 갔을 때에도 그리고 몇 번 기회가 더 있었는데도 입이 떨어지질 않았다. 진수는 화도 안 낼 거다. 오히려 마음고생한 나를 위로할지도 모른다. 그럴까 봐 오히려 더 미안해서 말을 못 하겠다. 너를 다치게 한 사람이 나란 걸. 내가 널 미워했다고. 너의 자전거를 내가 그랬다고. 몇 번을 연습해도 힘들다. 그렇다고 그냥 이대로 지낼 수는 없다.

깁스를 풀자마자 가볍게 운동을 시작했다는 진수를 만나려고 저녁 식사를 일찍 마치자마자 운동 센터로 향했다. 큐알 인증을 마치고 헬스장에 들어서자마자 예전 기억이 떠올랐다. 스피닝룸도 반가웠다. 마스크를 쓰고 러닝 머신을 한참 달렸다. 오늘은 꼭 말해야지.

그때 안쪽에서 낯익은 진수가 흠뻑 젖은 땀을 닦으며 다른 기구로 이동하고 있었다. 센터에서 제공해 주는 티셔츠와 헐렁한 반바지 차림 속으로 진수의 근육은 이미 단단히 성이 나 있었다. 녀석은 이미 한참 전에 와서 운동기구들과 씨름을 한 모양이다. 나를 보고 놀라 두 눈을 크게 뜨더니 목에 두른 수건으로 땀을 닦으며 이내 반갑게 다가왔다.

"등록한 거야?"

진수가 물었다.

직원도 아니면서 생뚱맞기는.

"응, 스피닝 다시 시작하려고. 그나저나 너는 벌써 운동해도 되는 거냐?"

"너무 답답해서. 물리치료 차원에서 살살 하고 있어."

"좀 나아지면 스피닝도 같이 할래?"

"좋지! 완전 좋지!"

"나는 곧 스피닝 수업 들어가야 해. 너는 운동 언제 끝나? 끝나고 놀이터 가서 턱걸이 좀 더 하고 갈래?"

"오, 그것도 좋지. 혹시 컵라면이랑 아이스크림도 먹을까?"

"당연하지. 그럼 이따 보자."

나는 투명 유리문을 열고 스피닝룸으로 들어갔다. 자전거의 높이와 간격을 조절하고 페달에 발을 묶었다. 음악 소리는 점점 커지고 빨라졌으며 조명은 더욱 화려하고 바쁘게 공간을 달렸다. 오랜만이라 어색하지만 곧 박자에 맞춰 익숙하게 그리고 아주 신나게 페달을 밟았다. 마음은 벌써 진수의 자전거가 있던 그 놀이터로 진수와 함께 달려가고 있었다.

요괴 사냥꾼 신돈복 _ 김경은

익숙한 단칸방에서 눈을 떴을 때, 신돈복은 비명을 내질렀다. 열 번 넘게 다시 태어난 사람이라면 누구라도 제정신은 아닐 테지만, 신돈복의 경우 조금 남달랐다.

"망할 놈의 요괴 새끼!"

신돈복은 누운 채로 뒤통수를 방바닥에 찧었다. 조선 최고의 요괴 사냥꾼 신돈복이 이번에도 요괴에게 빤히 당하고 만 것이다.

직전 생에서 신돈복은 공시생으로 태어났다. 이따금 학원 강사와 편의점 아르바이트생으로 위장한 도깨비들을 때려잡긴 했지만, 그들은 인간들의 일상을 망칠 만큼 강력한 적수가 아니었다. 공시생의 삶에 차차 적응하던 신돈복은, 공시생이야말로 시험공부만 하지 않으면 소설 쓰기 딱 좋은 삶의 패턴을 가졌다고 판단했다.

더는 요괴에게 시달리지 않고 조선 숙종 때 발표한 야담집 《학산한언》 속편을 기필코 완성하리라 다짐하면서.

그러나 그는 '내일부터!'를 외치며 한강 둔치에서 막걸리를 마셨다. 얼마 지나지 않아 검은 강물 저 멀리에서 웬 물귀신 하나가 머리를 반쯤 내민 채, 신돈복을 노려보았다. 물귀신은 신돈복 가까이로 서서히 다가오더니 막걸리를 보며 입맛을 다셨다.

"그때 개무시를 했어야 됐는데."

신돈복은 그 순간을 상기하며 혀를 쯧쯧 찼다. 제아무리 요괴 사냥꾼이라 해도, 배를 곯고 있는 요괴를 보면 마음이 짠해질 수밖에. 신돈복은 막걸리병을 들고 요괴를 향해 팔을 뻗다, 느닷없이 뱀처럼 늘어진 요괴의 머리카락에 휘감겨 익사하고 말았다.

신돈복은 쓴웃음을 지었다. 제아무리 조선 팔도를 이 잡듯이 뛰어다니며 온갖 괴생명체와 요괴에 관한 자료들을 집대성한 장본인일지라도, 순간순간의 감정에 치우쳐 같은 실수를 반복하는 것이 인간이라는 종족의 특징이었다.

신돈복은 천장 위의 익숙한 쥐 오줌 자국을 망연자실 올려다보았다. 지긋지긋한 환생 따위 그만두겠다고 지금 당장 목을 매고 죽어 봤자, 이 허름한 집구석에서 어김없이 다시 태어날 것이 자명했다. 이제는 어쩌다 이런 영생의 감옥에 갇히게 되었는지 궁금하지도 않았다. 분명한 것 하나는 그가 신 씨 가문의 후손 아무개로 태어나, 요괴를 때려잡다 개죽음을 당할 운명을 타고났다는 것이었다. 아무리 기를 쓰고 피해 봤자, 세상 어딘가에는 늘 요괴가 존재하고, 신돈복에게는 요괴 사냥꾼의 피가 흐르고 있었으니까.

이유야 어쨌든 새 삶의 시작은 언제나 꼬르륵 소리에서 출발했다. 신돈복은 허기를 느끼며 몸을 일으켰다. 그러고는 입고 있던 삼베 수의를 벗고 거울 앞에 섰다. 이번 생은 여성이었다. 십 대 여성. 정확한 나이와 이름은 밥을 먹고 소화시키는 순간 뇌리에 입력될 것이었다. 열 번이 넘는 환생을 겪는 동안 남녀를 번갈아 가며 신돈복은 끊임없이 태어났다. 한번은 여성인지 남성인지 스스로 확신하고 싶지 않은 적도 있었지만, 이번에는 적어도 생물학적 여성인 것만은 분명했다.

옷장에는 이번 생에서 입어야 할 옷들이 서너 점 걸려 있었다. 신돈복은 교복 셔츠를 꺼내 입으며 낑낑거렸다. 셔츠가 쫄티처럼 작아 몸을 있는 대로 욱여넣어야 하는 데다, 입고 나서도 피가 통하지 않는 기분이었다. 무릎 위로 깡총 올라온 치마 길이는 또 어떻고. 신돈복은 공시생으로 태어나 널널한 추리닝만 입던 지난 생이 문득 그리워졌다.

신돈복은 찬장에 수북이 쌓인 즉석밥 하나를 꺼내 전자레인지에 돌렸다. 냉장고에 구비된 꽈리고추무침과 멸치볶음, 동치미도 접시에 옮겨 식탁에 깔았다. 두 세기 하고도 반세기를 더 산 그였지만, 음식 앞에서 침이 고이는 건 조선 시대나 지금이나 마찬가지였다. 신돈복은 김이 모락모락 올라오는 밥을 한술 떠 입에 넣었다.

그러자 이번 생에 자신에게 주어진 모든 것을, 오물오물 깨닫게 되었다.

신돈복은 책가방을 메고 운동화 끈을 묶다 현관 앞에 놓인 거울을 보았다. 거울 속 신돈복의 교복 앞주머니에는 신지언이라는 이름이 자수로 새겨져 있었다.

"신지언."

신돈복은 자신의 열세 번째 이름을 불러 보았다. 거울 속 신지언이 대답했다.

"이번 생은 진짜 소설만 쓰는 거다."

창밖에서 까마귀가 까악까악 지저귀고 있었다.

김유나는 신지언이 교실에 들어서는 순간부터 맘에 들지 않았다. 전학생은 대개 불안을 감추느라 긴장하기 마련인데, 신지언은 대뜸 미간부터 찡그렸던 것이다.

"내 이름은 신지언이고……. 근데 여기 환기 안 하나?"

몇몇 아이들이 웃음을 터뜨렸다. 담임이 머쓱해하며, 창가 쪽 아이들에게 눈짓했다. 그동안 여학생으로 살아 본 적이 없는 신돈복에게, 돼지우리나 다름없는 여학교 교실은 신선한 충격이었다. 남자 공시생 기숙사도 여기보다는 깨끗했던 것 같은데. 신지언은 바닥에 쌓인 교과서 더미와 쓰레기 조각을 피해 김유나의 옆자리에 앉았다.

수업이 시작되고도 신지언은 이리저리 두리번거리며 코를 킁킁거렸다. 비염이라도 있나 싶어 신지언을 슬쩍 쳐다보던 김유나는 이내 몸이 굳고 말았다. 어느새 신지언이 자기 코앞까지 얼굴을 들이밀고 있었던 것이다. 김유나가 꽥 소리 지르자, 신지언이 잽싸게 몸을 돌렸다. 김유나를 일제히 주목한 아이들은 싱겁다는 듯 고개를 돌렸다.

'뭐지, 이 또라이는?'

김유나는 팔을 들어 교복 냄새를 슬쩍 맡아 보았지만, 섬유유연제 냄새만이 은근하게 날 뿐이었다.

신지언의 기행은 여기서 끝이 아니었다. 수업 시간에 칠판이 아닌 자기 얼굴을 빤히 쳐다보질 않나, 과학실이나 체육관에 갈 때마다 자신의 뒤를 졸졸 쫓아다니질 않나. 4교시 직후, 종소리와 함께 아이들이 급식소로 전력 질주할 때에는, 학교가 무너지는 것 같다고, 전쟁이라도 났냐며 호들갑을 떨었다. 전학 온 첫날이라 억지로 친한 척하는 것치고는 독창적인 멘트였지만, 김유나는 동요하지 않았다. 신지언 같은 전학생이 자신의 생존을 위한 호기심을 걷는 순간, 더없이 고독해진다는 걸 누구보다 잘 알고 있었다.

점심 급식을 먹은 김유나는 사물함에서 칫솔과 치약, 그리고 손거울이 담긴 양치 컵을 꺼냈다. 신지언은 턱을 괸 채 김유나를 빤히 보고 있었다. 김유나는 미간을 찌푸리고 서둘러 화장실로 향했다.

김유나는 변기 뚜껑을 내리고 그 위에 걸터앉아 심호흡했다. 그러고는 아악, 소리 내며 주먹 하나가 들어갈 정도로 커다랗게 입을 벌렸다. 침을 꼴깍 삼킨 김유나는 손거울로 입 안을 비추었다. 하수구 냄새 같은 악취가 훅 끼치더니, 이내 어두컴컴한 동굴 같은 목구멍에서 무언가 모습을 드러내기 시작했다.

그것은 흡사…… 인면어 같았다. 잇몸과 같은 선홍빛 피부에 침인지 위액인지 알 수 없는 액체에 젖어 번들거리는 그것. 툭 튀어나온 눈동자를 부릅뜬 그것은 유나를 보더니 말했다.

"헤이."

그의 목소리를 타고 백만 년 묵은 편도결석의 구린내가 풍겼다. 김유나가 입을 벌린 채 대답했다.

"훼애이."

지금 여기는 안전하다는 둘 사이의 수신호였다. 그것은 눈알을 뒤룩거리더니 말했다.

"유나야."

김유나가 두 눈을 깜빡였다.

"인생 참 힘들다. 그치?"

그것이 나지막이 말을 이었다.

"봄이라고 개나 소나 다 연애하는데, 우리 유나만 혼자네."

김유나가 멋쩍은 듯 웃자, 그것이 기다렸다는 듯 말했다.

"큰일이야. 이 학교에는 널 사랑해 줄 사람이 아무도 없는 것 같은데."

잠시 침묵이 흘렀다.

"참, 아까 담임 눈빛 봤어? 꽤 다정하더라."

김유나가 고개를 젓자, 그것이 불투명한 눈동자에 힘을 주었다.

"배가 좀 나오긴 했지만……. 그런 사람이 또 진국이잖아."

김유나가 헛웃음을 뱉었다. 그것은 단박에 낯빛을 바꾸었다.

"뭐, 강요하는 건 아니고. 알잖아, 내가 너 많이 걱정하는 거."

김유나는 입을 벌린 채 대답했다.

"알거말거."

그것이 씨익 웃었다.

"그럼 그 사람하고 잘해 봐. 담임 정도는 되어야 널 품어 줄 수 있겠더라. 내 말 무슨 뜻인지 알지?"

김유나는 망설였다. 담임인 국사 선생님은 내일모레 마흔인 배불뚝이 아저씨였다. 그가 미혼이라고는 하지만, 열일곱 김유나에게 연애 상대가 될 수는 없는 노릇이었다.

"잘됐다. 이제 곧 스승의 날이잖아. 그때 데이트 신청하면 완전 귀여워 보이겠는걸."

그것은 김유나가 고개를 끄덕일 때까지 집요하게 기다리다, 이내 목구멍 저 아래로 사라졌다. 김유나는 곧 변소에서 나와 양치를 시작했다. 열 번도 넘게 물로 입을 헹구고 나서야 김유나는 교실로 발걸음을 돌렸다.

집으로 돌아온 신돈복은 고무 대야에서 몸을 웅크린 채 목욕재계를 했다. 간만에 늙은 요괴를 감지했으니 부정 타지 않게 몸을 씻어야 했다.

"그렇게 오래 살아남은 놈은 처음이야."

신돈복의 이마에 땀방울이 송골송골 맺혔다. 오래 살기로는 신돈복도 만만치 않지만, 김유나의 몸속에는 그보다 더한 요괴가 살고 있었다.

"냄새가 아주⋯⋯."

신돈복이 진절머리 쳤다. 목욕물이 동심원을 그리며 물결쳤다.

놈의 이름은 복중능언(服中能言). 사람 몸에 들어가 살면서 몸의 주인을 조종하고 끝내 영혼까지 잡아먹어 몸을 강탈하는 요괴였다. 목구멍을 소통의 통로로 이용하다 보니, 편도에 응고된 음식물 찌꺼기 냄새가 몸에 배어 악취가 심했다.

신돈복은 물에 퉁퉁 불은 검지를 입에 물었다. 그리고 욕실 문틈 사이로 보이는 벽걸이 달력으로 시선을 옮겼다. 5월 말일에 빨간색으로 별표가 쳐져 있었다. 상금 5천만 원짜리 장편소설 공모전 마감의 날. 수상하면 단박에 소설가로 인정받아 주구장창 소설 집필에만 몰두할 기회였다.

"김유나가 조만간 끝장날 텐데."

신돈복은 손톱을 잘근잘근 씹었다. 열두 번의 환생을 겪는 동안 신돈복은 성실한 요괴 사냥꾼으로 살아왔다. 제주 해녀로 태어났을 때는 그물로 물괴를 잡아 사람들의 목숨을 구했고, 땅끝마을 농부로 태어났을 때는 튼실한 배추를 흉기 삼아 구미호를 때려잡았다. 백령도 어부로 태어났을 때는 또 어떻고. 서해의 신 서해약의 간을 빼먹던 늙은 여우를 잡아 절벽에 매달아 놓고 철새들의 먹이로 만들어 주지 않았던가.

그렇게 살다 보니, 몸도 마음도 어느 하나 성한 곳이 없었다. 이제는 요괴 사냥 업계에서 은퇴하고, 조선 최고의 야담집 《학산한언》의 작가로서 속편을 집필해도 되지 않을까, 하는 작가로서의 야망이 어김없이 꿈틀댔다. 때마침 다음 생의 직업은 기자였다. 기자가 된 신돈복은 《학산한언》을 집필하던 때처럼 한반도를 누비며 온갖 기기괴괴한 이야기들을 수집했다. 싱크홀을 취재하던 중 발을 헛디뎌 죽고 말았지만, 싱크홀에 빠지던 그 순간에도 신돈복은 생의 충만함을 느끼며 눈을 감았다.

"그렇게 또 살 수만 있다면, 이 영생도 그럭저럭 견딜 만할 텐데."

신돈복은 소설을 쓰리라 마음먹었으나 물에 빠져 죽어 버린 직전 생의 최후를 떠올렸다. 한강의 물귀신만 아니었다면, 소설가로 평범하게 살다 늙어 죽었을지 모를 삶이었다.

"나도 할 만큼 했어. 그러니까 이번에는 요괴 따위, 잊어버리자."

신돈복은 머리를 물 아래로 처박고 꼬르륵 잠수했다. 찢어진 입

꼬리에 연고를 덧바르던 김유나의 고요한 얼굴이 자꾸만 생각나서였다.

"자리 좀 바꿔 주세요."

등교하자마자 신지언이 향한 곳은 교무실이었다. 담임의 책상에는 《국사》 《세계사》 등의 역사 교과서와 《삼국유사》 《난중일기》 같은 책들이 너저분하게 쌓여 있었다. 담임은 커피를 호록 마시고 물었다.

"뭐가 맘에 안 드니?"

"김유나요."

담임의 미간에 주름이 깊어졌다. 이번에는 그가 주위를 살피고는 말했다.

"유나한테 잘해 줘. 외로운 친구야."

신지언은 곰곰 떠올려 보았다. 그러고 보니 쉬는 시간이고 급식 시간이고 김유나는 언제나 혼자였다. 자기 뒤를 졸졸 쫓아다니는 신지언에게 말 한마디 걸어 볼 만도 한데 그 애는 하루 종일 입을 꾹 다물고 있었다. 신지언이 얕게 한숨 쉬었다.

"너무 그러지 마. 어차피 피한다고 피해지는 문제도 아니잖니."

담임이 알 듯 모를 듯한 미소를 지었다. 신지언은 고개를 갸웃한 채, 담임을 빤히 보았다. 담임은 머그잔 손잡이를 만지작거리며 말했다.

"그냥 받아들여. 우리네 인생이 원래 그런 거야."

때마침 김유나가 교무실 문을 열고 들어섰다. 담임은 김유나와 신지언을 번갈아 보며 픽 웃었다. 김유나는 신지언을 보더니 두 눈이 휘둥그레진 채 굳어 버렸다. 한 손에는 편지 봉투가 들려 있었다.

"아오, 자꾸 신경 쓰이게 하네."

신지언이 중얼거리자 담임이 어깨를 으쓱였다. 신지언은 자리를 피하기 위해 꾸벅 허리 숙여 인사했다. 그러다 책상 아래 쌓인 책 탑을 보고는 흠칫 놀랐다. 담임이 머그잔을 든 채 미소 지었다.

그렇게 며칠이 흘렀다. 김유나는 하루가 다르게 쇠약해져 가고 있었다. 쉬는 시간마다 어딜 그렇게 쏘다니는지 교실에 붙어 있는 꼴을 볼 수 없었고, 수업 시작 직전에 들어와 숨을 헐떡거리며 비상식량처럼 옥수수 과자를 손바닥에 쏟아 허겁지겁 먹었다.

'복중능언이 옥수수에 환장하지.'

신지언이 과자를 빤히 보자, 김유나는 과자 봉지를 날름 가방 속에 넣어 버렸다.

"아이고, 냄새! 얘들아, 환기 안 하냐?"

복도를 지나가던 담임이 뒷문으로 들어와 소리 질렀다. 김유나가 벌떡 일어나 창가로 달려갔다. 담임은 신지언을 보더니 코를 쥐고 흔들었다.

"환기로는 해결될 문제가 아닌가 보지?"

신지언은 소설을 끄적이고 있던 노트를 탁 덮었다. 열린 창문 너머로 참새 우는 소리가 어렴풋이 들려왔다.

"다음 주면 스승의 날이다, 얘들아. 그날까지는 청소 좀 빡세게 해서, 냄새 없는 교실 만들어 보자! 엉?!"

아이들이 야유를 보냈다. 신지언은 담임의 책상 아래 놓여 있던 《학산한언》을 떠올렸다.

'환생한 나를 알 리가 없지. 저 선생은 그냥 역사 덕후일 뿐이야. 《학산한언》까지 읽는 덕후니까 선생까지 하고 있는 거 아니겠어?'

김유나가 청소 도구함을 열어 빗자루를 꺼내자 담임이 손사래 쳤다.

"됐어, 유나야. 청소 시간에 각자 맡은 역할만 잘하면 되는 거야. 다들 어영부영 넘어갈 생각 말고. 알았지?"

담임이 신지언을 보며 말했다. 신지언은 한숨을 푹 내쉬고 책상 위에 엎드렸다.

'얘도 쟤도 거참 신경 쓰이네.'

다음 쉬는 시간, 신지언은 교실 밖으로 나서는 김유나를 슬그머니 뒤쫓기 시작했다.

김유나는 중앙 계단을 우당탕탕 뛰어 내려가다가 돌연 멈추어서서 헛구역질을 했다. 신지언은 괘종시계 뒤로 몸을 숨겼다. 김유나는 "알았어, 알았다고." 하며 혼잣말을 하더니 곧장 화장실로 향했다.

"유나야, 내가 널 알잖아."

익숙한 악취와 함께 복중능언의 목소리가 들렸다. 신지언은 숨을 죽이고 화장실 빈칸으로 들어가 몸을 숨겼다.

"우리 벌써 10년 차야. 내가 너 일곱 살 코흘리개 때부터 얼마나……."

김유나는 입을 벌린 채 거울 속 복중능언을 마주 보았다. 투명한 점액질로 번들거리는 복중능언의 피부 위로 파란 실핏줄이 돋아 있었다. 복중능언은 말을 잇지 못하다가 이내 날 선 목소리로 말했다.

"넌 왜 나한테 믿음을 안 줘? 너 그런 애 아니잖아."

김유나는 주머니에서 주섬주섬 작은 카드 하나를 꺼냈다. 카네이션이 아닌 장미에, '감사합니다'라는 문구 대신 'I love you'라는 문구가 인쇄된 축하 카드였다. 그것은 카드를 제대로 살펴보기 위해 김유나의 입 밖으로 튀어나올 듯 얼굴을 팽팽히 당겼다. 그것이 앞니에 가까워질수록, 김유나의 얼굴은 고통으로 일그러졌다.

"센스는 또 좋네. 이제 쓰기만 하면 되겠어."

그때 화장실 문 밖으로 종소리가 울렸다. 김유나는 그가 목구멍 저 아래로 사라질 때까지 잠자코 기다린 뒤, 입을 닫았다. 김유나가 떠나고 신지언이 참작한 얼굴로 화장실 밖으로 나왔다.

'전교생 앞에서 개망신당하기 전에, 놈을 김유나의 몸 밖으로 빼내야 해.'

신지언은 《학산한언》에 기록했던 특효약을 떠올리며 복도를 천천히 걷다, 지나가던 선생에게 한 소리를 들었다.

김유나는 쉬는 시간마다 노트를 펼쳐 카드에 쓸 내용을 적었다 지우길 반복했다.

"뭔데 그래?"

신지언이 김유나에게 불쑥 물었다. 흠칫 놀란 김유나가 노트를 닫아 버렸다.

"봤어?"

신지언은 천천히 고개를 저었다. '선생님, 저를 제자가 아닌 여자로 봐 주세요. 저는 선생님에게 모든 걸 바칠 준비가 되어 있…….'다고 쓴 걸 보았다고는 차마 말할 수 없었다. 그렇다고 네 목구멍에 빌붙어 사는 요괴 새끼는 이미 알고 있다고 말할 수도 없었다.

신지언은 그저 이렇게 물을 수밖에 없었다.

"김유나, 너 괜찮아?"

김유나는 신지언을 가만히 바라보았다. 누가 자신의 안위를 묻는 건, 초등학교 3학년 이후 처음 있는 일이었다. 오랜 시간 그 누구도 김유나의 안부 따위 궁금해하지 않았으니까.

신지언 역시 누군가의 안위를 묻는 건, 아주 오랜만이었다. 사람을 걱정하고 연민하며 마음을 나누고 나면, 돌아오는 건 언제나 후회와 슬픔 그리고 고독뿐이었다.

둘은 저마다의 걱정으로 불안해하며 서로를 마주 보았다. 김유나는 신지언의 눈동자 속에서 잔뜩 겁을 먹은 자신을 보았다. 그건 신지언 역시 마찬가지였다. 한참의 침묵 끝에, 먼저 용기를 낸 쪽은 김유나였다.

"요구르트 마실래?"

신지언은 말없이 고개를 끄덕였다.

청소 시간을 틈타, 두 사람은 매점 옆 벤치에 앉았다. 김유나는 신지언에게 다섯 개들이 요구르트 한 줄을 건넸다. 신지언이 비닐을 벗겨 요구르트를 하나 꺼내려 하자, 김유나가 팔짝 뛰며 저지했다. 그러고는 보란 듯이 다섯 개들이 요구르트 하나하나에 빨대를 꽂아 숨도 쉬지 않고 연달아 마셨다. 신지언은 저 빨대 다 플라스틱 쓰레기인데 싶다가도 김유나가 뿌듯해하는 걸 보니 웃음이 나왔다.

"나는 하나만 먹을게."

신지언은 요구르트에 빨대를 콕 꽂아 순식간에 비웠다. 김유나는 망설이다 말했다.

"나 돼지 같지?"

신지언이 눈을 동그랗게 떴다.

"그렇게 처먹으니까 뚱뚱한 거 아니냐고, 속으로 생각했지?"

김유나가 손바닥으로 하관을 가리며 웃었다. 신지언의 얼굴에 그늘이 드리워졌다.

"내가 그렇지, 뭐."

김유나가 어깨를 으쓱이며 쓰게 웃었다. 신지언은 관자놀이를 짚었다. 복중능언에게 영혼을 좀먹힌 인간들이 자주 하는 단골 멘트였다.

신지언은 무릎에 올려놓은 요구르트 네 개를 연달아 원샷했다. 끄윽, 작게 트림도 했다. 신지언이 물었다.

"나 돼지 같아?"

김유나가 눈을 끔뻑거리더니 고개를 저었다. 신지언은 또 물었다.

"그렇게 처먹으니까 뚱뚱한 거라고, 생각했니?"

신지언의 목소리에 화가 묻어 있었다. 김유나는 손사래 치며 아니라고 대답했다. 신지언이 말했다.

"나도 마찬가지야."

김유나는 천천히 고개를 끄덕였다. 신지언은 축 처진 김유나의 어깨를 보며, 슬픈 기시감을 느꼈다. 그것은 똥인 줄 알면서도 찍어 먹을 수밖에 없는 스스로에 대한 체념이었다. 신지언은 김유나의 어깨에 손을 얹었다.

"그 편지, 내가 써 줄게."

김유나의 눈이 휘둥그레졌다. 김유나는 잠시 말이 없더니, 주머니에서 휴대폰을 꺼내 손가락을 바삐 움직였다.

휴대폰을 본 신지언의 눈이 휘둥그레졌다. 심장이 쿵쾅거렸다. 이번 생도 얌전히 글만 쓰기는 글렀다고, 신지언은 생각했다. 어느새 수업 시작을 알리는 종소리가 운동장에 울려 퍼졌다.

―신지언, 너 신돈복이지?

김유나가 휴대폰으로 보여 준 메모 내용이었다. 둘은 책상에 앉아 입을 꾹 다문 채 노트에 필담을 나누었다. 말로 내뱉으면, 복중능언에게 백발백중 들킬 게 뻔했다.

김유나의 말에 따르면, 그녀는 지난 한 주 내내 신돈복을 찾아 헤맸다고 한다. 다름 아닌 김유나의 망상 대상, 국사 선생님의 조언 때문이었다. 그러면 그렇지, 신지언은 속으로 콧방귀를 뀌었다.

―국사 샘이 오컬트 매니아라 그런지 별의별 걸 다 알잖아. 그래서 SOS 한번 쳐 보니까 《학산한언》을 딱 펼쳐서 보여 주는 거야. 나 기절할 뻔했잖아.

신지언은 뿌듯했지만, 티 내지 않고 연필을 들었다.

―너 국사 좋아하는 거 아니었지?

김유나의 얼굴이 순식간에 어두워졌다.

―좋아해. 그러니까 날 만나면 안 되지.

신지언은 관자놀이를 짚었다. 이걸 다행으로 여겨야 할지 말지 확신할 수 없었다. 그러나 분명한 것은 김유나의 사고 체계가 돌이킬 수 없이 망가진 건 아니라는 것이었다.

　김유나는 머리를 긁적이더니, 가방 구석에서 구겨진 편지 한 통을 꺼내 신지언에게 건넸다.

　'선생님, 저 유나예요. 선생님이 말씀하셨죠. 요괴가 존재하는 곳엔 반드시 그의 천적 신돈복이 존재한다고요. 결론부터 말씀드리자면, 신돈복은 없어요. 적어도 제 곁에는요.

　한 달 내내 신돈복만 찾아다녔어요. 꽐꽐한 학생 주임 선생님은 문어 빨판만 봐도 놀라는 환 공포증에 시달리고 있고, 전국 대회에서 MVP 상을 탄 농구부 주장은 징크스 때문에 양말을 맨날 짝짝이로만 신어요.

　우리 반 회장 박소진은 또 어떻고요. 예쁘고 공부도 잘하고 선생님들이 다 좋아하는 완벽한 애조차도, 사람들이 자기 입 냄새 맡으면 멀어질까 봐 쉬는 시간마다 강박적으로 입에 구강 스프레이를 뿌려요. PPT 발표하는 날에는 스프레이 한 통을 다 뿌려서 배탈까지 났다니까요.

　거봐요, 사람들은 다 제정신이 아니에요. 어쩌면 모두들 목구멍 속에 저와 같은 요괴들을 달고 사는지도 모르겠어요. 분명한 건 모두가 그냥 참고 산다는 거예요.

　근데요, 선생님. 저 더 이상은 못 참겠어요. 신돈복 찾느라 시간

낭비하는 것보다, 제 안의 요괴에게 복종하는 게 차라리 나을 것 같아요. 그냥 저랑 사귀겠다고 한마디만 해 주면 돼요. 요괴가 그 목소리를 알아듣고 저를 그만 괴롭힐 거예요. 선생님, 제발 불쌍한 제자를 외면하지 말아 주세요.

2021년 5월 15일 스승의 날
사랑하는 제자 김유나 드림'

신지언의 얼굴이 붉으락푸르락 달아올랐다. 오늘은 5월 14일, 김유나가 복중능언과 정한 고백일이 바로 내일, 스승의 날이었다.

"누구 인생을 또 말아먹으려고!"

신지언이 빽 소리쳤다. 자율학습 중이던 아이들이 일제히 신지언을 보았다. 그러거나 말거나 신지언은 화를 참지 못해 이를 악물었다. 놈이 원하는 건 단 하나였다. 비참함. 제정신이 박힌 성인 남자라면 당연히 제자의 얼토당토않은 고백을 거절하고도 남을 것이다. 그러나 이 고백의 성패는 중요한 게 아니었다. 사랑을 구걸하는 과정 속에서 발생하는 비참함을 자기 일상의 일부로 흡수하는 것. 그게 놈의 목표인 셈이었다.

—너는 나를 구해 줄 수 있지?

김유나의 필기를 본 신지언이 또박또박 글씨를 썼다.

—네가 너를 구하게 될 거야.

다음 날, 디데이의 막이 올랐다. 김유나는 준비한 카드를 봉투에 담아 풀칠했고, 신지언은 말없이 연필을 깎고 또 깎았다. 신지언의 책상에는 전날 장을 봐 준비해 온 특제 음료가 놓여 있었다.

둘은 점심시간이 되자, 부리나케 옥상으로 뛰어 올라갔다. 그리고 옥상 바닥에 동글납작한 향초들을 하트 모양으로 깔았다. 한 사람이 들어갈 정도의 크기였다. 신지언이 허리를 수그려 모든 향초에 불을 붙인 순간, 김유나는 손거울을 들고 입꼬리가 찢어져라 입을 벌렸다. 신지언은 잽싸게 창고 뒤로 몸을 숨겼다.

"그래, 유나야. 바로 이거지!"

복중능언의 목소리였다. 신지언은 콧방귀를 뀌었다. 김유나는 거울 속 요괴를 마주 보며 눈을 깜빡였다.

"자, 이제 선생을 불러서 제대로 고백하는 거야. 그럼 넌 그 사람의 애인이 되는 거고, 그동안 못 받은 사랑을 충분히 보상받을 수 있는 거지."

복중능언이 기세등등하게 말했다. 그때였다. 철문에서 노크 소리가 들렸다. 김유나가 복중능언에게 눈짓하자, 그가 목구멍 아래로 스르르 기어들어 갔다. 곧 철문이 드륵, 열렸다. 담임은 바닥에 깔린 초들을 바라보며 입을 떡 벌렸다.

"유나야, 이게 다 뭐니? 너 아직도 그 사람 못 찾은 거야?"

담임의 손에는 김유나에게 전해 받은 쪽지가 들려 있었다. 김유나가 숨을 들이마시고 말했다.

"찾았어요, 신돈복."

담임이 깜짝 놀라 입을 가렸다. 둘 사이의 금기어가 바로 신돈복이었다.

"계획이 조금 바뀌었어요. 지켜봐 주세요."

그새 김유나의 안색이 창백해졌다. 김유나는 치밀어 오르는 욕지기를 견디며 편지를 꺼내 큰 소리로 읽기 시작했다.

"네가 많이 미웠어. 그래서 오랜 시간, 누구보다 앞장서서 널 헐뜯고 비웃었지. 그런데 사실은 내가 널 지키고 싶었던 것 같아. 다른 사람한테 상처받는 것보다 그게 나을 거라고 믿었던 거야. 미안해. 인생은 길고, 세상에 완벽한 건 하나 없지. 그게 나라고 해도, 이제는 자책하지 않을래. 널 사랑해, 유나야."

김유나가 씩 미소 지었다. 따뜻한 온기가 온몸에 스르르 퍼지는 순간, 김유나가 우엑, 하고 헛구역질을 하기 시작했다. 화들짝 놀란 담임이 부축하려 했으나, 김유나는 건드릴 수 없을 정도로 격하게 몸을 비틀며 바닥을 굴렀다.

"조금만 기다려! 보건 선생님 모셔 올게!"

담임이 옥상 입구로 향하는 순간, 신돈복이 창고 문을 박차며 나타났다.

"보건 선생 필요 없어. 넌 그냥 잠자코 여기 있으면 돼."

담임이 콧구멍을 벌렁거렸다. 신돈복이 씩 웃었다.

"일종의 팬 서비스라고 해 두지, 뭐."

신돈복은 두 손을 모으고 선 담임을 지나쳐 김유나에게 달려갔다. 그리고 김유나를 붙든 채 직접 만든 특제 음료를 입 안으로 흘려 넣었다. 담임도 헐레벌떡 뛰어와 김유나의 팔뚝을 붙잡았다.

"서, 설마했는데 당신이 정말 신돈복이었군요! 영광입니다!"

"다 아는 것처럼 굴더니만 아니었네."

담임이 헤벌쭉 웃었다.

"신 씨라면 일단 의심하고 보는 편이라."

"지금 웃음이 나와!"

신돈복이 질색하며 고개를 저었다. 김유나가 웩, 하며 녹색 음료를 뱉어 내자 신돈복이 힘주어 말했다.

"삼켜! 뱉지 말고 쭉!"

온몸에 힘이 빠진 김유나는 이내 신돈복의 몸에 기댄 채 음료를 꿀꺽꿀꺽 삼켰다. 음료 통이 비워지자, 김유나는 신돈복의 몸을 밀치고 일어섰다. 그리고 끄어억, 하며 커다랗게 입을 벌렸다. 익숙한 악취에 신돈복은 코를 틀어쥐었다.

"김유나, 네가 감히 날 엿 먹여?"

녹즙 범벅이 된 복중능언이 날카로운 치아를 드러내며 말했다. 담임은 으악, 비명을 지르며 옥상 입구로 달아나 버렸다. 입 밖으로 튀어나온 복중능언 때문에 김유나는 목이 꺾인 채 비명을 질렀다.

"헤이!"

복중능언이 고개를 돌렸다. 그것의 눈앞에 팔짱을 낀 채 웃고 있는 신돈복이 보였다.

"독약 맛이 어때? 요새 말로는 해독 주스라고 하던데."

신돈복을 한눈에 알아본 복중능언의 얼굴이 터질 듯 붉게 달아올랐다.

"당신이 여태 살아 있었다니!"

"이하 동문이야."

신돈복은 귀에 꽂고 있던 연필을 꺼내 들었다. 흑심이 화살촉처럼 날카롭게 갈려 있었다. 신돈복은 고통으로 몸부림치는 김유나에게 연필을 건넸다. 이제부터 오로지 김유나와 복중능언 사이의 싸움이었다.

"유나야, 너 그렇게 극악무도한 사람 아니잖아."

복중능언이 세 치 혀를 날름거리며 말했다. 김유나는 복중능언의 얼굴을 마주 보았다. 자그마치 십 년이었다. 일곱 살 유나가 유치원 화장실에서 울고 있을 때 만나, 십 년 넘게 유나 몸에서 살아온 요괴. 김유나의 눈동자에 눈물이 맺혔다.

"나 다시 네 안으로 들어갈래. 너도 나 없으면 안 되잖아."

복중능언이 김유나의 입 안으로 들어가려 하자, 김유나가 그의 가느다란 목을 한 손으로 턱 붙잡았다. 김유나의 머릿속으로 지난 십 년의 시간이 스쳐 지나갔다. 복중능언은 비가 오나 눈이 오나 바람이 부나, 그 어떤 날에도 김유나의 곁에 함께해 주는 존재였다.

그러나 김유나가 작은 성취라도 이루어 낸 기쁜 날에는 아무리

기다려도 거기 없는 사람처럼 복중능언은 고개를 내밀지 않았다. 슬픔이 먹이였던 복중능언에게 김유나의 행복 따위는 관심사가 될 수 없었다. 그렇게 모든 감정을 슬픔으로 치환시켜 자신에게 기대게 만든 복중능언은 아이러니하게도 김유나의 오랜 벗이었다.

김유나는 두려움에 떨고 있는 복중능언을 두 눈으로 똑똑히 보았다. 이제야 그것이 얼마나 나약하고 추한 요괴인지 한눈에 보였다. 김유나는 연필을 치켜들고 숨을 깊게 들이마셨다. 그리고 외마디 비명과 함께 복중능언의 이마 한가운데에 연필을 내리꽂았다.

복중능언의 이마에서 피가 꿀렁이며 쏟아졌다.

"유나야……."

복중능언은 눈을 까뒤집은 채 허공을 바라보았다. 김유나는 소매로 입가의 피를 닦았다.

"넌 내가 될 수 없어."

복중능언의 입가에 희미한 미소가 번지더니 이내 숨이 멎었다. 신돈복은 복중능언을 내려다보며 그가 어떤 존재로든 두 번 다시는 태어나지 않기를 기도했다. 그리고 울고 있는 김유나의 옆에 서서 말없이 어깨를 빌려주었다.

곧 점심시간을 마치는 종이 울렸다. 철문이 끼익 소리 내며 열렸다. 담임이 고개를 빼꼼히 내밀고 있었다. 신돈복이 말했다.

"다 끝났거든."

그제야 담임은 쭈뼛대며 두 사람 곁으로 다가왔다. 신돈복은 담임이 쥐고 있는 낡은 삽 한 자루를 보았다.

"《학산한언》 봤다면서 복중능언 퇴치법도 몰라?"

담임의 귀가 새빨개졌다.

"워낙 급박하다 보니 저도 모르게……."

김유나가 웃음을 터뜨렸다. 담임은 땀에 젖은 손바닥을 바지 자락에 닦으며 신돈복에게 악수를 청했다. 신돈복은 인심 쓰듯, 손끝을 살짝 잡아 주었다.

김유나가 신돈복에게 물었다.

"이제 너도 요괴한테서 해방이네?"

그러자 옥상 아래, 운동장에서 축구하고 있는 한 남자아이가 신돈복의 시야에 들어왔다. 녀석은 해맑게 웃고 있었지만, 그가 남긴 운동장 위의 발자국마다 심상치 않은 기운이 고여 있었다.

"나 이제는 진짜 소설만 쓴다니까!"

신돈복이 머리를 쥐어뜯었다. 까마귀가 저 멀리서 까악까악 우렁차게 울어 댔다.

고야는 그 유명한 판화에서 '이성이 잠들면 괴물이 눈뜬다'고 했다. 이때의 괴물은 인간의 무의식을 상징하며, 억압된 약점과 본능으로 구성된 융의 '그림자(shadow)'와 흡사하다.

괴물들과 그림자들의 세계는 '이성'과 '자아'라 불리는 우리의 세계와 언뜻 분리된 것처럼 보이지만 그 끝이 닿아 있어서 두 세계 사이의 통로는 언제나 열려 있다. 이는 괴물들이 무의식의 세계에서 우리의 일상으로 넘어올 가능성을 뜻하며 어쩌면 괴물들은…… 이미 우리 가운데 와 있는지도 모른다.

개인의 무의식을 넘어 집단의 무의식으로 범위를 확장하면 괴물들은 사회적인 정체성을 갖는다.

특정 사회에 존재하는 괴물들의 이야기는 오랜 세월에 걸쳐 축적된 집단 무의식의 산물이며, 한 사회가 공유하는 상상력의 합의체다. 그래서 전통 설화나 민담집에 등장하는 괴물들을 살펴보는 것은 민중의 무의식을 들여다보는 일이 된다. 괴물들의 존재와 이야기가 우주 개척 시대이자 메타버스의 시대인 오늘날에도 여전히 빛을 발하는 것도 그 때문이다.

그리고 여기, 청소년들의 욕망과 무의식을 담아낸 괴물들의 이야기가 있다.

《요괴 호러 픽션 쇼》는 전통 설화와 민담집에서 건져 올린 괴물들을 매개 삼아 이 시대 청소년들을 이야기한다. 헛소문, 가스라이팅, 중독, 집착, 열등감, 경쟁심 등 청소년의 고민거리를 전통 괴물들을 등장시켜 풀어낸 점이 신선하고 흥미롭다.

괴물들은 민중의 '속엣것'이기에 당연히 이 시대 청소년의 '속엣것'이기도 하다. 십 대들과 뒤얽히며 소요를 빚는 괴물들의 이야기를 읽어 가다 보면 결국 십 대들의 욕망과 속생각, 그 아이들이 처한 현실에 다다르게 된다.

괴물들을 추적하기에 참 좋은 계절이다.
《요괴 호러 픽션 쇼》가 출중한 안내서가 되어 줄 것이다.

청소년 소설가 최영희